2022辽宁文学诗歌卷

金方 主编

北方联合出版传媒（集团）股份有限公司
春风文艺出版社
·沈 阳·

编委会主任：滕贞甫
编委会副主任：金　方　孙伦熙
　　　　　　　单英琪　孙金宏
编委会成员：姚宏越　雷　宇
　　　　　　邢东洋　刘　维

主　　　编：金　方
副 主 编：雷　宇
常务副主编：姚宏越
特约副主编：姜鸿琦

目录 Contents

| 党的二十大主题征文优秀作品选登 |

群峰之上 …………………………… 云　图 / 1
追光歌吟 …………………………… 萨仁图娅 / 4
向着崭新的黎明 …………………… 宋晓杰 / 9
治沙人（组诗）…………………… 李　铭 / 12
春天的意象（组诗）……………… 吉尚泉 / 17
工业图腾 …………………………… 张笃德 / 22
南湖三章 …………………………… 冯金彦 / 28
祖国，祖国（外一首）…………… 刘抚兴 / 33
一首诗的乡愁
　和中国梦里的青山绿水（组诗）……何兆轮 / 38
先辈的足迹引领我前行 …………… 江　颖 / 42
初心如故 …………………………… 程　璞 / 45
致敬！中国！……………………… 峻　岭 / 47

1

点沙成金（组诗） ············ 王晶晶 / 51

凝望钢铁（组诗） ············ 姜孝春 / 58

在大连港的涛声 ············· 齐凤艳 / 62

在党的光辉里前行（组诗） ······· 白瀚水 / 65

乘风破浪，那艘航船正沧海扬帆 ····· 朱　赤 / 70

玉米农场（组诗） ············ 林栀子 / 75

致敬抗美援朝老兵 ············ 姜　了 / 78

永远铭记 ················ 韩英明 / 80

| 组　诗 |

把日子过得像清晨一样 ·········· 熊　伟 / 82

人 世 间 ················ 李　冰 / 86

窗外的蔷薇 ··············· 冯　岩 / 90

其实我也是一棵沙棘树 ·········· 觅　青 / 94

致敬，把航天梦写实的人 ········· 程云海 / 98

玲　珑　锁 ··············· 青儿格格 / 102

草根上的乡愁 ·············· 张志友 / 106

乌　篷　船 ··············· 张增伟 / 110

留　　灯 ················ 高凤超 / 114

看　杏　花 ··············· 大连点点 / 117

在　路　口 ··············· 宗　晶 / 119

描述一只麻雀 ·············· 星　汉 / 122

怀　　念 ················ 李嗣泽 / 126

失忆的羊 ················ 芒　点 / 130

老了的村庄 ··············· 杨秀芬 / 133

异地生活 ················ 王桂芹 / 137

桓仁咏叹 ················ 宗冠旗 / 139

不种高粱的父亲 ············· 何桂艳 / 142

母亲，拉着我的手走进春天 ········ 丁显涛 / 146

静物素描 ················ 肖东海 / 149

从奔走到奔跑 ·············· 吴　言 / 153

流　年 ················· 赵红珺 / 155

别人的喧扰只远远地从旁走过 ······· 海　默 / 158

躲到时间的边缘 ············· 雨　伞 / 164

写在秋天 ················ 金晓莹 / 168

这个夏天 ················ 仲维平 / 171

乡间刺绣 ················ 孙培用 / 174

原野最美的电图腾 ············ 崔桂春 / 177

与邻人对话 ··············· 柏　菜 / 181

| 短　诗 |

泊在河岸的城市，奔流到海 ········ 郭金龙 / 184

爱之歌 ················· 兰　溪 / 186

丈　夫 ················· 刘田文 / 190

凌锦涟漪 ················ 李　飞 / 192

老巷回望 ················ 华　飞 / 195

时光年轮	刘博纯 / 197
春天的翅膀	赵　越 / 199
汉　字	姜大成 / 201
那些偶遇	李翠玉 / 204
桂枝香	高敬波 / 207
写　信	刘涵之 / 209
水	八月春 / 212
致父母	该　亚 / 214
宣　誓	李日源 / 216
金色深秋	高晓蕾 / 218
故乡的灯火	古小玉 / 219
蝉的叫声很大	高　寒 / 220
雨穿过夏季	刘丽莹 / 221
9号安全帽	耿　江 / 227
恍如桃花	高不可 / 230
家	郝书一 / 232

| 附 |

2021年辽宁诗歌扫描　　　　　　　　　　杨　晶 / 235

党的二十大主题征文优秀作品选登

群峰之上

◎云 图

月归万物落，日出万物生
随你倾听高山，信念缠绕诗句
随你拂动大河，理想奏响乐曲

群峰之上你曾无畏飘扬
大地之间你依然不倦招展

星汉灿烂，若出其里
天辽地宁，熔铸美景
日月之行，若出其中
天辽地宁，如画如梦

当大地携手海洋，一半山地平原
一半蔚蓝宝石
物产风华，流光溢彩
面朝大海，春暖花开
当波浪轻拍海岸，白山黑水，关内关外

从金戈铁马驰骋辽西走廊
到全线贯通的京沈高铁
山海眷顾辽宁,守护雄鸡之咽
畅行北方南方

最远的边疆,也是我们最近的怀抱
当东三省的风向绑定我们的心跳
曾经是祖国憨厚的"工业长子"
如今仍然是全东北的经济担当
辽宁光荣雄起,我们热血偾张

最重的嘱托也是最轻的叮咛
山,和海岸携手共生
海,与平原呼吸起舞
玉米梦见自己被种植在海面
而海草梦见自己摇曳在山冈
她浓缩黑土地精华,转动海上开放大门
象征着一亿东北人"艰难转身"
辽宁不只是白山黑水
辽宁还有"蓝海碧波"

北靠广阔平原
南拥大辽东湾
东北用"大马蹄形"地貌
孕育辽宁这匹黑马
她收纳"天下粮仓"的黑土地,她有扼锁咽喉
镇守门户的厚重

她身披平原,脚踏海水,飞越山关
她海潮澎湃,风情万种

山,和海岸携手共生
海,与平原呼吸起舞

红是秋色,那是海与陆各自的绚烂
白在冬季,是陆与海同归的宁静

追光歌吟

◎萨仁图娅

光芒照耀

我站在洒满光的大地仰望
感受光芒照耀与至高无上
百年搏击风雨云和月
万里克难步履慨而慷
开天辟地经天纬地的核心力量
镰刀锤头的旗帜猎猎飘扬

新中国改天换地历经沧桑
新时期翻天覆地国脉恒昌
新时代惊天动地中华盛强
党的宗旨恪守人民至上
党的光辉普耀九州四海
中华民族雄立东方

嘉兴红船

一条嘉兴南湖的小船
冲破漫漫长夜的黑暗
承载着点燃革命的星火
满怀敢为人先的理想信念
在烟雨朦胧的南湖之上
开启中国梦想起航的新篇

历经百年血与火的砥砺淬炼
铸就精神丰碑任风云变幻
现如今百舸争流万舟竞发
我与党校同学特来这起航点
感悟红船精神重温入党誓言
默念着不忘初心继续向前……

井冈翠竹

迎风有节浩气凌云
傲雪无畏悲壮歌吟
五百里井冈山的翠竹
始终刚劲葱郁深
挺立于山头是一杆杆旗
站立在路边是不屈的精魂
那时井冈竹子是梭镖
连同竹钉竹剑杀"围剿"的敌人
毛委员用竹做盏煤油灯

八角楼上点亮中国的命运
朱总司令用竹做扁担
挑起的革命红色政权感铭人心

遵义会议旧址

重大历史关头转迷航
红军转战攸关存亡
革命航船及时校正
拨转航向挽救红军挽救党
生死娄山马踏晨月霜
长征路上绝境铿锵

独立雄关思既往
遵义会议放光芒
《七律·长征》气势磅礴
英雄家国道沧桑
千古不忘壮举成诗史
万代缅怀豪气壮

延安窑洞的煤油灯

黄土里挖的窑窑
开国领袖的旧居窑洞
一人一桌一凳一灯
一住就是十三年的光景
我感受英雄气息与伟岸身影
以及煤灯下饱蘸浓墨的革命豪情

延安窑洞的灯是记忆
延安窑洞的灯是见证
灯光与日月长明
已与宝塔山延河水一起
浓缩进中国革命历史胶片中
成为照初心的延安精神的象征

红色驿站西柏坡

曾经的寻常山村巷陌农舍
陋室里领袖办公的马灯炕桌
石碾一盘供选将发令点兵之用
乾坤逆转任纵横捭阖
七届二中全会定乾坤
新中国于此奠基与运筹帷幄

瞻仰领袖群雕气宇轩昂
观瞻文物图片气壮山河
"赶考"二字如此强劲
伟略惊天地载入史册
触摸历史高度感知信仰力量
探访红色驿站西柏坡

心向北京

百年回首举世功
领航之帜党旗红

为人民谋幸福奋斗百年路
为民族谋复兴启航新征程
喜迎党的二十大
万众凝心向北京

"两个一百年"奋斗目标历史交汇
山河解语新的时代画卷令人憧憬
我们在党旗下集合再出发
阔步行进中华民族伟大复兴途程
如磐信念敲响岁月的洪钟
一起向未来宏图大展东方巨龙飞腾

向着崭新的黎明

◎宋晓杰

又一个清新的日子即将来临
当你推开黎明,仰望苍穹
你是否看到:霞光万道,旭日东升
是否听到新世纪的风
在耳边轻轻地吹送——

回头望:是名唤"嘉兴"的航船分开了平静的水面
深深的海洋啊,万顷波澜在悄悄涌动
是村头的"消息树"带来了"春"的消息
暗夜中徘徊的人啊,清晰地看到了长庚和启明

我无法说清阳光里闪亮的,是锤头还是拳头
但我知道——那是生生不息的力量之源
我无法说清蓝天下舞动的,是锦缎还是河流
但我知道——那里蕴藏着中华民族的万丈豪情
我无法说清长城内外的隆隆炮声里
有多少枪炮掩不住的激昂、愤慨的呐喊

我无法说清大江南北的丝篁鼓韵中
有多少双出生入死、审时度势的眼睛
我无法说清大雪纷飞的深山老林里
有多少坚强的信念，战胜了饥馑与困厄
我无法说清千回百转的地道战啊
有多少智勇与无畏，共同谱写着众志成城
我无法说清多少煤油灯下、铁路线上、车水马龙中
冒着生命危险的"聚首"与"告别"
更无法说清多少人战斗到生命的最后一刻
却把积攒的党费，紧紧攥在手中……

我有许多无法说清的问题啊
但我知道，所有的答案都在风中
所有的答案都在风中飘扬的五星红旗上
所有的答案都在胸前的党员徽章上——
一枚党员徽章的分量啊，因为与胸膛贴得最近
分明成为最好的诠释、最真的明证

是的！"祖国不是任何人，而是我们全体。
愿你我的胸中永远燃烧着
这明净而神秘的火焰。"
使每一个春天都花团锦簇，如约而至
浩荡的春风遍野燎原，点燃每一粒火种
使每一个秋天都稻浪翻卷，五谷丰登
新雨过后，枝叶晶莹，小鸟欢叫，孩子奔跑
母亲露出欣慰、舒畅的笑容

多么吉祥、美好的日子

九千六百多万,我们与优秀的人一路并肩前行
不同的嗓音,同一种歌唱
在火红的旗帜下,我们心手相连,紧紧靠拢

先是南湖的航船,然后是飞驰的列车
现在是遨游太空的航天飞船
——来吧!让我们乘着歌声的翅膀
让"走向新时代"响彻"海、陆、空"
向着亘古不变的太阳
向着崭新的黎明和曙光

治沙人（组诗）
——献给阜新彰武治沙人

◎李　铭

1

请允许我把诗歌的种子
洒满北纬42度的山坡
那里有一丛丛
叫人感动的绿
那里有一粒粒
曾经呜咽的沙

章古台的风
见证过一行行跋涉的脚印
獐子松的枝杈上
还回荡着温暖的回声

2

从科尔沁的腹地
漫卷　吞噬
那流动的沙丘
是朵朵白色的恶之花
以怒放的姿态
向人类进攻

沙子堵住了门口
牛羊绝迹　河水断流
一个人站出来
挡住了一片沙
一群人站出来
挡住了一座沙丘

脸膛晒黑了
嘴唇干裂了
风化成为一尊雕像
手掌粗粝了
身躯佝偻了
定格成为一帧风景

这群治沙的人
平淡无奇
这群平淡无奇的治沙人
把时代的脊梁撑起

3

铁锹把
系上女儿的红头绳
肆虐的风沙里就不会迷路
在这群治沙人的眼睛里
女儿是一棵树
他们会去捍卫
会去呵护

在蒙古语里
红色被称为乌兰
那是他们对幸福的渴望
那是他们信仰的图腾
漫漫黄沙里
闪烁着一抹抹红
皱巴巴的合同书上
摁下的手印耀眼鲜红
他们——
绿了章古台
却白了少年头
用一颗赤子之心
向天而歌

4

不止一次抚摸樟子松

上面有怦怦的心跳
有殷殷的叮咛
林涛阵阵　虎啸龙吟
这气势是咱治沙人给的
这勇气也是咱治沙人给的

他们没走
就在獐子松的林地里长眠
他们没走
就在绿油油的林海中微笑

踩碎残阳
挣断晨昏
治沙人啊
你们豪情万丈
就这么坚定地走来　走去　走远
走出那风沙漫卷
走来这绿水青山

你们饮着清风
在子孙们的笑声里
醉了

5

在蒙古语里
章古台的意思是苍耳生长的地方
北纬42度的这个山坡

彻底告别了荒凉
治沙人的后代们
在用自己的幸福生活
告慰前辈
苍耳郁郁葱葱
他们有诗　也有了远方

清明的杏花雨
是一首动魂的歌谣
一定会被治沙人
看到　听到
看到这山清水秀
会不会醉心一笑
听到这声若浪涛
会不会泪湿眼角

春天的意象（组诗）

◎吉尚泉

沿着京沈高速

仿佛有一只手，在推动着我
沿着京沈高速聆听

从黎明到黎明
盛开的紫丁香，再一次打开
2022年的视野

白云也有，盛开的欲望
如同一晃而过的田野
举着丰硕的旗帜
让劳动
贯穿四季

在北方以北，京沈高速

是最高的桥
它的横空出世
"这本身
就是风景"

多少追风赶月的瞬间啊
汽笛的潮水
在白山黑水间澎湃
让归途和远方
合二为一
让一座桥，有了动感和霞彩

被运送的何止是粮食
甚至擦亮的思想
甚至铜质的汉字
甚至故乡弯曲的小路
都要彼此追逐，依次抵达
更远的远方

沿着京沈高速
廊坊、宝坻、唐山
北戴河、秦皇岛、山海关
葫芦岛、锦州、盘锦
会打开记忆的花朵
北京和沈阳，彼此聆听
春天的潮水和嘀嗒的钟声

现在，涛声又起

我正沿着京沈高速
向北
目送辽阔的大地
走向秋天
并向更远的远方
投去惊鸿的一瞥

我有无数温暖的日子

"在大风里要有自己的安静
在大雪中要有自己的芭蕉"
而我
有无数温暖的日子
可以赞美，有无数的春天
可以抒怀

一百年何其漫长？一艘小船
又如何荡漾成
时代的意象
一座丰碑，如何矗立成
招展的旗帜
这鲜艳的种种，丰盈的种种
都在3月
再次上演

我有无数温暖的日子
在辽阔的大地上
列队

我有六〇后最初的想法
也有北方汉子
瞭望的远方。现在
我正在键盘上练习击鼓
把内心的赞美
说给时间

在入海口

在入海口，我遇见
1921年的河
那粼粼的波光里
有水洗的誓言
在起伏的涛声中
有隐约的背影

有多少次遇见，就有
多少次回望，山丹丹的香里
有露珠的浅笑

远山更远了。号角拨开的乌云
被写进县志
而一百次秋去春回里
有鸟儿无边的鸣唱
也有乡村和城市
合奏的辉煌

当共和国的经济占据新闻的头条

当神舟飞船
沿着太空寻找
当一轮朝阳
又升起在九百六十万平方公里的大地上
我依然在入海口
聆听
目送一艘又一艘巨轮
劈波斩浪
驶向更远的远方

工业图腾
——有感于沈阳铁西十二座钢铁雕塑

◎张笃德

1

1949年10月，沈阳铁西
头戴遮光镜和前进帽的人
恨不能把整个身心都投入熔炉
让钢铁像荷尔蒙一样发酵

持钎人是我的父亲及工友
高大英武，天空低矮
长钎搅起满天繁星
脚下的大地因负重而年轻

钢炉和持钎人的天空
被炉火映得通红
如同橡树和它身旁的木棉

从心中捧出沸腾的第一包钢水
是献给新中国诞辰的礼物

2

铁西广场上的吊钩
历经风霜雨雪的浸淫
更加深沉、凝重
好钢铸成的筋骨
工业的骨头
思想者的头颅

吊起贫穷落后,吊起过
风雨,掀起过黎明的盖头
理想有多高你就站多高
你把欲望和祖国高高举过头顶

有几次我险些被大风吹倒
是你稳稳钩住了我的腰
把钢铁的精髓植入我的脊梁
一同站成顶天立地的丰碑

3

铁西的工厂和每一条大街小巷
都像一块块母性的磁铁
一闪而过的雕像,让驿动的心
在劳顿与欢欣中被幸福地凝视

一定有一面墙铭记历史
一定有文字大写奋斗与牺牲
立体铸铜才匹配这样的内容和思想
阳光镀金才能凸显岁月峥嵘

每一个路过的人
记住了闪光或者锈蚀的名字
工厂的名字、机器的名字、劳模的名字
我驻足敬礼，用手去抚摸
亲切的笔画上有情感和体温
胸前戴大红花的人就会走过来

4

这里是具有钢铁气质的世界
这里是播种春天的土地
铿锵的步履叩写大地之书

机床如一只休憩而卧的铁牛
执着坚定，一个时代的缩影
有情感和灵魂的轰鸣
曾在工厂里没白天没黑夜地运转
如今用手摸一摸，俯身倾耳恭听
仍能感受到自豪的心曲在身体里流动

5

镂空的啤酒瓶雕塑上刻有1964
这是我出生的年份，说明我是
在雪花的羊水中长大，直到今天
身体里还散发母乳的香气

雪花，像我的小名，在大街小巷流传
春天的河流融入血脉，释放浪漫与温情
清爽的雪花啤酒让钢铁城市
纯洁、豪爽，热爱生活，充满激情

每天每夜，挥汗如雨
然后，纵情放歌，千杯不醉
幸福似迷离的梦，泛起红晕
劳动沉醉，有美意从杯中溢了出来

6

在铁西，冰冷的机器有了温度
钢铁的性格和气质
曾在寒冷中抱紧了身体
冰天雪地里伫立成松柏
从大地汲取能量
靠内心的热力温暖人生

注定是一块品质优良的钢铁

再大的寒流、束缚、压迫
都不能阻止萌动与新生
孵化，一座城市的责任和使命

太阳，轻轻地呼唤
沉积的钢铁，心花怒放
破壳而出的智能机床
通向未来的钥匙

7

钢铁生产最繁重的部分
被铸造魔幻成艺术
高温、熔化、冷却、淬火
或方或圆或立体变异
转换、组合，铸造童话元素

一切事物心生呼啸
加速把陈旧远远抛在身后
一闪而过的景致
像手中握不住的风

速度锋利如刃，刻下岁月的划痕
速度这个不可遏制的矢量
让不可能成为可能
作为一座城市的心灵走向
立体呈现飞天的梦想

8

这是一个动感十足的城市
一枚又一枚连接的齿轮
就像一座又一座大大小小的工厂
车间、厂房、设备,密布的牙齿
把力啮合在一起

铁西就是一只大鸟,置死地
而后生。敲碎身体里的骨头
饮食自己的血肉
义无反顾地投身烈火之中
困惑、迷茫炼就火眼金睛
伤感的泪水提纯治愈苦痛的良药
没有死亡就没有新生

浴火重生
新生的翅膀如猎猎战旗
迎风吹响高亢嘹亮的号角
再次雄起,工业图腾

南湖三章

◎冯金彦

南湖岸边

与一座湖相比
我渺小
甚至与湖的一滴水相比
我都可以忽略不计

月光用湖的波浪
折叠出旗帜上的
一颗颗星星

把南湖的一百年
作为一把梯子　立起来
离天空很近

我站在1962年的梯级上

继续把一些名字
放在星星们中间
怀念或者仰望

一根思想的钉子
把少年的一生
固定在南湖之上

船不在　湖是空的
几朵云在散步
精神不在
一个时代也是空的

从船上掉下来的声音
长成了湖边的小草
绿色蔓延　蔓延
从南湖一直到天安门

如果没有红船　一座寂寞的湖
对于我　毫无意义

如果没有红船　一个寂寞的我
对于世界　毫无意义

月光纷纷飘落之后
每一个从南湖走出去的人
都拎着一袋阳光回家

一条船　此刻
被夹在历史里
成为一枚书签

南湖的一个历史断面

湖的伤口
船在缝补

浪花缝补好的湖面
一如当初

湖的疼痛
我们不知道
不知道
我们便以为湖没有疼痛

历史深处　人的痛苦
只是小痛苦
湖的寂寞
一定是大寂寞

一声鸟鸣　让我们知道
湖活着

我们也活着
只要听到一声鸟鸣

夜色的坚硬
被船　凿开了一个洞
光明开始流淌

月光的左手
阳光的右手
开始清洗这片河山

世界很大　船很小
把南湖的红船
放在心上之后
一个世界
从此　就睡不着

红　船

夜色被船收割
一垄一垄
斜放在历史的山坡上

云朵开始搬运
把太阳的色彩运到人间

时间不再是时间
长成一根缆绳

一个世界被拆解了
一地的零件

名词与动词

几朵云　搭在山的肩头上

祖国，祖国（外一首）

◎刘抚兴

七十三年前，你是我四处漏风
的茅草屋。粗瓷饭碗打出豁口
灶膛里无法点燃湿柴
父亲冰雪中捂着胸口咳嗽

初阳点燃春天的温暖
积雪融化千年冰凌
青蘋之风吹开冰雪柴门
古老田野播下青春种子

七十三年啊，春风化雨
七十三年啊，阳光雨露
七十三年辛勤耕耘与汗水
七十三年奋力拓荒与前行

推倒了四面漏风的破屋
垒砌起宽敞明亮的大厦高楼

再不见，灶台打破豁口的饭碗
父亲躬腰咳嗽的身影

田野谷穗年年金黄
大地日新月异！低矮村庄长成高大
城镇。荒原一片绿水青山
从未有过的，我们拥有
理想中的，我们创造

古人几千年的探索和梦想
我们仅用七十三年完成
外国人几百年工夫
我们仅仅用了七十三年
我们做到了！做到了

祖国啊，你不再是我的茅草屋
河边疲惫的老水车
我也不再是你头顶的矿灯
在黑暗的
巷道上蜗行摸索
我是你的赤子！以你为豪的儿孙
你伟大工程的建设者
制图人——
我们头顶的星空璀璨而辽远
脚下的大地坚实而厚重！祖国

我不想说世人瞩目的港珠澳大桥
跑得最快的高铁列车

敢上九天揽月的航天骄子
敢下五洋捉鳖的神器蛟龙
全球最快的大型计算机
"一带一路"经济快速引擎
我们的航母、飞机、天眼巨镜
一件件大国神器，几亿人的
集体脱贫——祖国啊
千百个梦想我们一个个实现
千万座高山我们一个个翻越

你不再伤痕累累积贫积弱
2019年末一场灾祸
把人类推向新冠肺炎疫情的深渊旋涡
只有你，中国共产党领导下的中国
展现出拨云见日的宏伟气魄
万众一心，白衣为甲
以人为本，珍惜生命
为世界竖起一面飘扬的旗帜

祖国啊，你富强，民主，朝气蓬勃
你是脊梁，是靠山，是民族力量
的源泉；是脚踏实地的所在
是放飞理想的高坡
你为明天铺展开一幅蓝图
为理想提供实现的勇气
你用四十年改革，七十年拼搏
打造一艘扬帆启航的巨轮
在历史浩瀚的海洋上，一路高歌

辽河赞歌

从皑皑长白,从巍巍燕山
从西拉木伦跌宕的激越
从老哈河千里奔赴的豪迈
从一千三百九十公里的长途
从二十二万平方公里的胸怀
大辽河,一首浩瀚的歌
一艘古老的航船,携着
雄浑,带着激越——
犁开红山文化肥沃的土壤
点燃起金牛山人的火种
从历史的源头走来
又向历史的远方走去

你两岸飘香金黄的稻谷
鹅黄吐绿摇曳风情的翠柳
秋去春来年年岁岁
啄破人心的雁鸣,芦花飞絮
霜染秋枫的壮景。啊
大辽河,沿着时间的长河
从亘古一直走到明天
大辽河,我只是你——
烟波浩渺的一滴水
万里奔腾的浪花一朵
是你啊,流动的
五线谱上一支长箫吹奏

千年唱晚的一首渔歌

可你是我浩瀚无私心怀博大
的母亲,用千年流淌的乳汁
喂养了我,滋润了我
让我和我的民族、我的祖国
繁荣昌盛,屹立巍峨
你千里雄浑浩瀚的血脉
滋养我胸襟的坦荡与广博
你千万年不屈不挠地奔流
向前的气魄,激荡一股力量
掀起大河两岸滚滚洪波
看那万亩飘香的稻谷
杨柳岸边芦花飞絮的景色
黑金流淌的油田
拔地而起的大厦座座
改革开放的巨轮
从大洋破浪扬波驶向江河
大辽河,我为你骄傲
为你自豪
心中充满激情与赞歌
你的热情智慧
千百年光荣与历史
如东风劲吹理想的旗帜猎猎
要用我浑身汗水
耕耘你的土地,浇灌你的肥沃
创造你辉煌的明天
迎接永生的太阳
照耀东方,辉煌的祖国

一首诗的乡愁
和中国梦里的青山绿水（组诗）

◎何兆轮

1

这是平生第一次读乡愁最短的诗句
犹如饮一杯皎洁的月光，五千年的乡色酒浓而不烈
还有些类似春天的味道
润物细无声

望得见山、看得见水、记得住乡愁——
这是平生第一次迁居中国水墨里
相望古往今来

风吹江山一目千里
风吹幸福一望无际

五千年的星空下，我不得不一醉方休

不得不一醉就是一百年

2

走在梦里
有那么多森林、湖泊、湿地……
俯瞰故乡的红海滩，风吹落古老的红纱巾
貌似化石里的鱼类有幸相遇21世纪的地球人

也就在梦里
张择端笔下的朝代，熙熙攘攘
《清明上河图》拱桥两侧的叫卖不绝于耳畔
一些久远的似曾相识的乡愁
跃然纸上

一转身，我偕妻子走过前生的盛世
再一转身，行囊里装满新时代的花香和鸟语

3

母亲
如果您还耳聪目明
一定会听见2021年——来自黄河源头的风
翻开中国梦的第一页，满满的乡愁都是有福祉的

母亲
如果您还健康硬朗
一定会端坐于2049年——安享百岁寿诞

中国梦的第二页，满满的乡愁都是可以呃出青山绿水的

"两个一百年"
都是中国梦里满满的乡愁
母亲抿着嘴，一直哼着满天星灿的歌谣……

4

李白的《静夜思》是否与乡愁有关
月光在唐朝穿越一千年
欲言又止

一枚往返海峡的邮票
一叶摇不尽世界喧嚣与春秋落日的扁舟
天涯游子捋着两鬓思念斑白的雪
欲说还休

多么婉约的月色，轻轻推开陌生又熟悉的柴门
嗅一嗅家的味道，有多少忘了自己的人蓦然想起久违的胎记和乳名

5

一封封短信唤醒城市的森林
一群又一群麻雀重返乡村的麦垛
唯有一个伟大钢琴家纵情弹奏青铜与编钟的交响
陶醉万里清风明月
前无古人也后无来者

我在南疆也在北疆
我在陌上也在塞上
母亲，请允许我在床前明月光的照耀下
细读这一部中国式的乡愁

拥抱蓝天也拥抱泥土
拥抱生活也拥抱爱情

先辈的足迹引领我前行

◎江 颖

仿佛就在昨天，黑暗云层被东方的霞光刺破
万里晴空、云蒸霞蔚，宣告了一个新天地的诞生
仿佛就是昨天，旧世界被镰刀锤头砸碎
风云激荡，撞响中华大地最强劲的节拍
迎着十月革命的惊天霹雳
载着勇武志士的澎湃血流
迸发了一个民族钢筋铁骨摩擦的火花
回响的是中华儿女不屈的奋争与呐喊
一个世纪走过，长空仍久久回荡撞击的强音
一百年风雨兼程，一个世纪浴血沧桑
山河仍环绕着镰刀锤头披荆斩棘的绝唱
此刻，时光如风穿越百年
我站在嘉兴南湖岸边向历史凝望
灯火阑珊的夜影摇曳着那艘红船
革命先辈的身影映现在风雨如磐的彼岸
勾勒出中国最美的画卷
1921，中国共产党宣告诞生

从此，革命的火种遍布九州星火燎原
燃烧的火种、共产主义信念
红船精神、革命精神、奋斗精神
从这里集结出发，势不可挡，奔涌浩瀚
此刻，我站在井冈山上
看到无数被压迫的工农兄弟昂起头颅
从四面八方向山顶汇集
这是一场划时代的聚集
这是怀揣理想奔向新生活的旅程
南昌起义、秋收起义、广州起义
标志中国共产党独立领导武装斗争的开始
从此把一支新型的人民军队创建
信仰是革命者高昂的战旗
偾张的血脉啊，融入中国共产党的肌体
"我以我血荐轩辕"，大写的名字记录在案
此刻，我站在"九·一八"历史博物馆残历碑面前
仰望碑身那弹孔穿凿过的日历
屈辱的仇恨凝固了我的血液
那道道划痕刺伤了我的血肉、我的双眼
尘埃乌云遮不住中国历史上被侵略的伤痛
碑铭是屈辱也是奋起反抗的警钟
十四年风云写就了中华儿女不屈的奋战
此刻，我站在中国人民抗日战争纪念馆门前
一个个历史的画面、一个个英勇的瞬间
中国革命的百年征程从我的面前走过
让我咀嚼焦苦的烟云、酸涩的泪雨
让我牢记那段悲壮的奋争之史
此刻，我站在天安门广场

飘扬的五星红旗照耀万里疆域
"中华人民共和国中央人民政府今天成立了"的宏伟之声
催生万里江天的云彩，让五洲回首东望
世纪行过，岁月流金
中国革命的历程艰苦卓绝，铸就了灿烂辉煌
站在"两个一百年"的历史交汇点上
回首中华民族走过的峥嵘岁月
我们推倒三座大山，我们打败蒋家王朝
我们昂首站立起来，我们大步奔向前方
我们改革开放，我们怀揣中国梦的百年梦想
好日子又逢今朝
新时代、新风光、新天地、新征程
二十大又会是崭新的起点
2035年远景目标锁定
我们的党啊，科学擘画中国未来新的发展蓝图
社会主义核心价值观引领我们走向伟大复兴
屹立于世界民族之林的中国
以伟岸之躯构建人类命运共同体的使命担当
这一切皆来自一束光的指引
这一切皆来自"四个自信"的坚守
执着、拼搏、自强不息、砥砺奋进
没有灯塔，如何前行
没有伟大的中国共产党
哪有我们前进的方向
不忘初心，仰望一碧天光、光明之顶
牢记使命，我们的队伍不可战胜
踏着先辈的足迹，永远跟着党啊
保平安，促稳定，创佳绩，立新功
我们是人民公安，坚固的钢铁长城

初心如故

◎ 程　璞

暗夜前行需要不灭的灯塔
劈波斩浪期盼勇者的探索
贫病积弱，混沌迷茫的时刻
南湖之畔，杨柳婆娑
小小红船慢慢摇来
伟大的党照亮了泥泞的前方

云雾中，有不灭的炊烟
山沟里，有点点星火婀娜
天当被地当床毛竹就是手中枪
鲜红的旗帜高高飘扬在黄洋界
国际赞歌中一定要实现的豪情
在井冈翠峦激荡

这一条路，崇山万浪
长驱二万五千里
用生命和热血谱写了壮丽的史歌

英明的党指挥着人民军队
跨过了百条江河，攀越了数座险峰
血色的路，长风浩荡，大潮滂滂

巍巍宝塔，滚滚延河
黄土高坡上的八路军哨所未曾停戈
一道道电波从枣园、杨家岭的窑洞发出
镰刀锤头的图样在血脉中流淌
硝烟散尽，杜鹃啼唱
阴霾了一个世纪的中华旭日喷薄

风霜雪雨，大浪淘沙
走得再远也不能忘却来时的路
江畔沉沉，暮暮朝朝
党的初心似磐石壮怀激烈
负重前行的英雄唯愿人民安康
昂起头，再走征程，延续中华生生不息的长河

致敬！中国！

◎峻　岭

今天，我点亮七十二根燃烧的蜡烛
用火焰的形象　用方正的字体
郑重书写下你的名字
在横平竖直的笔画里
努力发掘你五千年不朽的文明

今天，我打开曾经紧闭的喉咙
用喑哑的声音　用平仄的韵脚
高声朗读出你的名字
在抑扬顿挫的音调里
仔细捧读你青铜锻造的履历

中国
请让我以生命的名义向你致敬
致敬你大风吹过的黄土地、黑土地
更致敬你被鲜血沾染的不屈的红土地
致敬无畏的母亲，也致敬英勇的儿女

时间摧折不了　强力压折不倒
硬生生把曾经羸弱的脊梁高高撑起

中国
我要向你的生命献礼
用你大漠风沙的秦腔
用你小桥流水的闽声粤语
甚至用你东西南北混杂的方言
呐喊着向全世界　宣告
我们是东方不灭的龙族
铁铸的骨头填充着刚毅
从不会向谁低头屈膝

中国
我一遍又一遍写你
写你的高山、平原
写你的河流、盆地
写你的甲骨文
写你的篆书、隶书、楷书
写你的历朝历代
写你的荣辱兴衰
直写到你把鲜艳的五星红旗
飘扬出一个崭新的世纪

中国
我一遍又一遍读你
读你的黑眼睛、黄皮肤
读你的铁骨铮铮、爽快豪气

读你的《诗经》《周易》
读你的楚辞、汉赋、唐诗宋词
读你的金戈铁马、残阳如血
直读到你欢呼着喊出
一个民族伟大复兴的壮丽

致敬，中国
我曾在甲骨的象形文字里与你相遇
高大古拙的背影衬托了你的威仪
古老东方大国的形象高大威猛
谁要是胆敢进犯就让他一败涂地

致敬，中国
我曾在后母戊鼎雕刻的纹路里看到你
沧桑的面孔上至今还闪烁着青铜的颜色
宽广的额头依然深刻着岁月如刃的痕迹
长江、长城、黄山、黄河
世世代代奔腾不息

中国
我就是你亿万万分之一的中华儿女
内心里注满了你顽强的精魂
中国
我就是你九百六十万平方公里中的一隅
骨子里充满你不屈的基因

今天，在你人生的字典里
我终于找到了自己

善良勇敢永不放弃
今天，在你成长的书籍里
我发现了人生的真谛
维护和平匡扶正义

中国
请让我以青春的名义向你致敬
中国
我要用我十八岁、二十岁甚至六十岁、七十岁的年纪
向你长久地注目敬礼

点沙成金（组诗）

◎王晶晶

记一场铸造行业技能大赛

乘飞机或高铁，更为准确地说
是二百二十名铸造工匠张开挑战的翅膀
从四面八方，赶来

砂都，一场国字号赛事即将拉开帷幕
手指触摸启动屏，五秒倒计时
兴隆山以东，以工业为标志的经济开发区
于时光的潮水之上再一次跃起

高大的厂房，敞开式的舞台
位居视线中央的，孕育炉火之炉
身着银色工装的选手，众多发光的剪影
在巅峰对决的色彩之间高频率变幻

红色的燃烧,黄色的烈焰,白色的绽放
一帧比一帧精彩,一幕比一幕壮观
最为惊心动魄的是自带信仰之光的铁水
纵身一跃,朝向等候在彼岸的模盘
定格形状,成为理想中的自己

绚烂归于寂静。关注的目光深陷于高地
在看似一挥而就的熔炼与浇铸竞技进程中
超越现场,飞翔,靠近深层的喻义

硅砂产业基地所见

在安静的展厅流连
遇见一个词:轰轰烈烈
与前进和奔腾有关的汽车铸件
概括有度的展板和逐渐亮起来的
灯光下的细节,将驻足者带入一场叙述

一粒沙子娓娓道来
带有标签的沙盘打开庞大的记忆
透明玻璃容器呈现出的白黄橙红褐
是静默与沸腾,是一片土地的前世与今生
是蓄在淘金人身体里,不听从命运的五色河流

经过小雪大雪,小寒大寒
经过长得让人落泪的跋涉,终于在某一天
找到自己的源头和路线图——
"用生产黄金的标准生产每一粒沙子"

在与汇合的星群交换过密码之后
以成倍的光和多层次的色彩
辐射东南西北

转身后的城市走向饱满鲜亮
在众人的仰头观望中
沙之梦与砂之都的声名远播
正一次次加速碰撞

请记住，这明亮的花火

行色匆匆，身穿带有汗渍工装的兄弟
乘上1路汽车，经过转盘、广场、北环、建华桥
出城……

工业园区，太阳如常照耀
一张张继续诠释专注的面孔
在电焊车间，在红、黄、蓝
多彩的安全帽下，汇成希望的前奏

像昨天一样，他们俯下身
稳稳地握起一杆杆储藏光热的焊枪
随嘹亮在心底的号角
一步步向前

视线延伸到哪里火苗就抵达哪里
平对接、横对接、角焊缝
他们以坚定不移的姿态，一丝不苟

将梦想与生活的对应点牢牢地焊接在一起

闪光的汗水，闪烁的焊花
由中心向四周，由瞬间向恒久，不断扩展
如一朵朵火红的石榴花在时空中绽放

兴工路8号的早晨

新的一天来临
蜜蜂一样的身影，开启的机器
不减的速度与饱满的回声
进入循环的双重寓意

一粒粒细小如本身的沙
通过传输带，进入流水线
清洗、搅拌、加温
由一个场景切换到另一个场景

看机人熟练的动作如流畅的线条
在汗水的催发之下
被梦想燃得发烫的原料
赶在冷却以前

将角色与自己融为一体
出色地，完成了重塑的过程

经过砂画扶贫车间

灵巧的手指在空中环绕
细软的紫铜丝沿着记忆流畅地走
星形线,叶状线,波浪线……

娴熟的动作每重复一回
春风就在大地上轻拂一遍
河流就在林草间完成一次漂亮的转弯
吉祥的云朵就在章古塔拉小镇
传递出比棉花更真实的温暖

为心中的图案镶上阳光的金边
格桑花漫过的草原比以往更加动人
恰当的留白是肥壮的羊群
喜上眉梢,是新时代牧羊人始终如一的
画外音

重现,创造
向着幸福出发的掐丝人
她们经过日月星辰的指纹和汗印
在砂产业的延链上,显得那样耀眼

速写光伏之光

拿起画笔以前
我已从不同角度,多次看你

一米一米，一片一片
钢筋编织的海，镜面反射的海
绿色构想连缀的海
面朝大海的海，奔涌在
大地的胸膛

如打开的深蓝之书
打开了发展的另一重境界
在蓄满阳光的屋顶、山坡，不动声色
接受高空的暗示，而后
聚焦于明亮的主题

每一束光都化身为电流
列着方阵经过赢或多赢的村庄
那频频发出的，绿富同兴的回响
犹如黄金落地

招商路上

长年累月不只形容时间漫长
路远迢迢也不仅仅是从地图一端赶到另一端
一次次洽谈，一次次推介，一次次签约
此刻我要截取的，不过九百页书目中
难以构成段落的瞬间

时间：辛丑年正月
地点：千里或千里之外

人物：出征数日作战气势丝毫未减之中年男子
事件：因疫情缘故于户外迎风就餐

落在肩头的是霜还是雪，他已无暇顾及
阵阵扬起的，是风吹来的沙还是过往车辆卷起的尘
这些，均不在他的视野之内
在他心里重千斤的是为四十二万人民谋幸福的使命
是吹响引资冲锋号，招来八方金凤凰

较之从前无数循环再循环的具象化呈现
这个浸透着苦味的细节不是前所未有
为了让新落地的项目以翅膀的速度开花
为了让倾情深耕的土地铺开更为辽阔的金色
他奔走的影子，已延展为一排又一排……

旋转，加速，抢在时间前面
这个风尘仆仆走过山一程水一程的人
这个在高速公路服务区片刻停留的人
这个蹲在寒冬的角落以泡面充饥的人——是还有三天
就要调离的县长

凝望钢铁（组诗）

◎姜孝春

老 铁 匠

铁锤落下
火花溅起疼痛的光芒
将落寞揉碎，烧红
锻打成弯月的形状

十八枚弯月
静静挂在墙上
你默默凝望着它们
凝望远去的峥嵘与沧桑

马蹄声已经远去
锄头与犁铧被机器的喧嚣掩埋
而田里的庄稼
比过去还要茁壮

你将挂在墙上的马掌拿下来
烧红，揉碎，锻打
但不管怎么锻打
依旧还是弯月的形状

焊　花

喷溅，闪烁，绚烂
美不美丽并不重要
你开在芬芳之外

用所有的热情
将两块冰冷的铁凝聚在一起
用温暖填平沟壑
用真心融化伤痕
然后去承担风雨、雷电
甚至汹涌的波涛

芬芳之外的花朵
就这样
和汗水开在一起

数控女工

将黑黝黝的铁块卡在机床上
带着香味的灵巧手指
轻轻敲击屏幕上的数字

机器声响起，铁的花朵
在机床内一串串绽放

将青春交给冰冷的钢铁
将灵巧的手指交给屏幕
将如瀑的长发交给安全帽
对此，你无怨无悔
紧身工作服里
闪烁着澎湃的青春

黑黝黝的铁块
变成了闪光的零件
它们将小鸟一样飞向天南地北
带着你的青春
澎湃成时代波澜壮阔的涛声

铸

钢包在椭圆形的轨道上转动
然后倾斜
橙红色的铁水
带着热情与奔放
注入砂模之中

等待，冷却
当所有的热情沉寂之后
一个个黑黝黝的零件
从破裂的砂模中走出来

然后是抛光，打磨
一个个闪着清冷的光芒
也许，这才是钢铁原来的模样

凝望钢铁

我的目光
无法穿透你坚硬的身躯
无法探寻你心中的柔韧与坚强

沿着你清冷的光芒
我努力寻找你沉默在地底的模样
寻找你柔韧与坚强的背后
蕴藏着怎样的故事
但无法找到光芒的力量

于是我想
也许是太阳的光芒
在厚重的土地下沉寂，孕育
最后浓缩成黑色沉重的矿石
再用人间的真情冶炼
最后才成就了你的柔韧与坚强

我的目光
就这样凝望着你
凝望着飞翔的青春与梦想

在大连港的涛声

◎ 齐凤艳

涛声低沉。回首往事，这一片海
与我一样步履沉重
波浪猛烈地翻涌，它们见证了
疼痛、不屈、抗争、坚忍、奋斗……
它们有许多话，我阅读那涌流、那飞溅、那拍击

被异国霸占的日子里的艰辛
这片海记得，老大连港的码头记得
灯塔记得，防波堤记得
已经离世的"华工"没有墓志铭
他们写在骨殖里的故事，被海风从泥土中发掘

旧中国的血与泪，汗水与伤痛
我贴耳聆听，这是我与日俄占领时期
大连港里的"华工"认亲
是我向他们致敬：岁月一边在我近旁将我包裹
一边在我眼前的大海上朝我缓缓涌来

我握紧黑亮的铁链、毛刺刺的粗绳索、锈迹斑斑的大铁锚
那里有汗水，有呻吟，有蹒跚的步伐
我双手抚摸防波堤粗粝的石头
凹陷里噙着几代中国人经历血雨腥风后依然葆有的坚忍
凸起处有多少民族不屈的心跳，突突，突突

沧桑，大海最不畏惧，因为它看到
总是有人在岸上顽强站立
1949年10月1日，中华人民共和国成立了！
1951年2月，中国政府从苏联手中收回大连港
共产党领导下大连港发展建设的新纪元开始了！

老码头上的百年灯塔看见，21世纪
融汇黄渤海，引领东北三省，扼守京津冀，大连港成为东北亚航运中心的核心
太平湾、大窑湾、大连湾、长兴岛，三湾一岛，大连港港口面积不断扩大
国际型、生态型、产业型、功能型、智慧型，大连港全力向第五代港口迈进
海浪奔腾着，咆哮着，前赴后继，前程锦绣

振翅高飞的海鸥看见，21世纪
四十万吨矿石码头、四十五万吨原油码头、二十万吨级集装箱码头
世界领先的汽车滚装码头，都在大连港安家落户
大连港，这个东北亚国际航运中心正在启航
船首激起浪花滚滚，开辟出一条雪白晶莹的路

有人做决策,有人画图纸,有人开叉车,有人装卸物资
多少人激流击水,勇立时代潮头
全国劳模李玲东是港口装卸队伍中的一面旗帜
担当和责任心,现代性和智慧
在大连港,新时代工人胸襟豪迈

孙世锋从一名普通的岸桥司机,一步一步成长为
岸桥大师,全国交通运输系统劳动模范
大连港为每一位工人提供发展契机和展示拳脚的天地
大连港人汗水与热情共晶莹,技术与智慧同携手
大连港人心怀像大海一样澎湃着

1899年9月19日,老大连港建设开工之日
被确立为大连的建市日,当那几十年被外国凌辱的岁月
写进历史,让屈辱成为警示、鞭策
独立和自强永远是中华儿女的心声与呼唤,呐喊
瞧啊,蔚蓝的大海上,那些海鸥一直在奋力振动着翅膀

港兴,城兴,港城共舞,共迎党的二十大的召开
在实现中国梦和中华民族复兴的大背景里
大连港的发展和大连的城市建设一起日新月异
跨海大桥是大连人站在海上,铁骨铮铮
百年大连港恢宏,昂扬,浪花翻涌,涛声激越

在党的光辉里前行（组诗）

◎白瀚水

从振兴辽宁说起

老工业区。已经陈旧的年代与传统
却焕发崭新的力量

人们用巨大信念和勇气，共同构成新的辽宁
钢铁。石油。渤海
眺望关外的沙尘写下清风满韵
新的语言和美学之间存在
不可动摇的结构——

街道里，每一个理想的细节都在用
新的颜色和条纹
描绘出党的脚步声
人们的坚持。季节。乡音

来自党中央的声音,振兴辽宁
汇聚着我的年代
一切元素,以及雕刻时间与灵魂的密码
以词语为引,描写古塔。钟声。鸟鸣
带给这片土地巨变的信仰。光明。心灵的火焰
只要喊出来
便有万道雷声响彻天空

辽 河 颂

那些活在年代的诗句,永恒的名字
将其所有都凝聚为一条河。河水在画卷里蜿蜒
河的名字是辽河

绵亘的人间,沿着辽河绵延
希望从不会枯竭
而党的光辉和征途从星空深处投下
不能磨灭的句子。那些带领辽宁人民前行的人
在属于他们的年代
注视我的年代。伟大的中华民族,因为他们
傲然崛起,多么令人欣慰

传承父辈使命,传接历史和辽宁,宏大的星光
车流。乡愁。不变的人世
都在随着辽河的水波,摇动一枚月亮

那是我的月亮。但更多时候,它是世界的
是人生里共同的月亮

党史与辽宁相拥
拥有不能否认的广阔
也拥有每一个灵魂，必须面对的
命运的铿锵

乡愁在众生的凝望中，时代的声音那么轻快
就像钢琴键上弹动的手指
在寻找云和太阳
而心底的光明
与辽河共话党史，追溯百年的峥嵘

光 阴 里

我们的生活，像是一个新的宇宙
而温暖的灵魂里，住着对祖国的忠诚和乡音

万物生出波澜
总是有数不清的星团在盘旋
在讲述人生的来去，以及共产党人的精神

辽宁在岁月里激荡
转眼百年。每一个星辰都是一场梦
都有解读历史后，完美的梦想，以及尘埃落定
解开密码的诗篇，对泥土的叙述

辽宁的歌谣在生命的琴弦上
跳动着。只要长歌依旧，无处不是奔流的诗句

我的人间，写满刚正不阿
写满党对人民的关怀
就像一阕高过一阕的词牌。明月。九州
大地上的星星之火
经历磨难却始终，照亮浮生的词语
是共产党人的宣言
就像江河与山川，在一阕高过一阕的古调里吟唱

吹响岁月的号角

我在内心深处，描画着古老
沉静，铿锵的树木
风吹来彩虹，也吹来一条河流的完美
党的风雨历程，虽不是雕栏玉砌，却又不尽意兴
写出人生在平凡中酝酿的不凡。巨大的风暴

这片土地，曾经吹响新中国
响亮的号角
而她正在吹响
新世纪的号角

传承美德和信仰的种子
像碑文，更像清流，在泥土里
成长我的人间。一声接一声，悠悠的雁鸣
雨和乡愁，融入远方的灯火
描写辽宁的词语
融入我对生命的敬意

我。天光。云影。铺开的画卷,随意地点缀在
画阁和茶坊
在大地上延续的名字
属于祖辈的名字,已经醉倒在河边
而一匹烈马
在嘶鸣中踏上征途

乘风破浪,那艘航船正沧海扬帆

◎朱 赤

1

直挂云帆,从南湖
一个中国历史的大码头启航
穿行云谲波诡的沉沉夜色
在1921年7月23日
历史的长镜头
推……拉……展开
沧海横流——

2

就此歌唱一双草鞋
在这鲜花和掌声的早晨
紧一紧脚上旅游鞋的鞋带
擦一擦新购的红色皮鞋

自己也哑然失笑
那双沉落于记忆深处的草编
早尘封于
我们来时的大路小路泥沼山径
已太遥远
至于
曾经的那一双双草鞋上
沾过毛尔盖野草的露水
平型关的炮火硝烟
还有那强渡长江的水浪
那些号角、那些呐喊
那些湖南、湘北、浙东、赣西的草编
汹涌的风雪、雷雨、刀光弹飞
编结成一部辉煌家史
爬越、强渡、疾行
奔跑起来
沿着草鞋的绝尘
一切依旧清晰
如今的流行歌库
正翻唱关于草鞋的歌

3

关于那块弹片
是在他火化时才发现的
那块印有US字样的
人们最后从另一部档案里才发现
那是上甘岭的留念

怪不得

我们在取出时

依然听到了呼啸而来的枪声炮声

当然还听到了板门店谈判桌上

胜利者朗朗的笑

犹在历史的页码里翻滚

伴着那艘南湖航船拍浪的

汩汩水音儿

4

一百年的时光

多少风云变幻

航程诡谲

都装载在那艘航船上

一路领航

穿越20世纪初叶的蒙蒙夜雾

岁月湖面浪潮涌动

千帆竞发

翻了一座雪山

翻了三座大山

一舱火焰

烧得黑夜纷纷落叶

黎明,飞上桅杆

一声星星之火,可以燎原

由这艘航船

扯篷摇橹扬帆领航

5

就是那艘航船
在一个国梦的年代
扬帆直挂一副五十五公里的鞍鞯
勒令海洋垂下它风浪的长鬃
一匹日夜奔腾的野马
就此温顺
远远地,为一首七绝咏叹:
伶仃洋从此不再伶仃
一行足印,踏落了昨夜星辰
从此,世界开始了翻天覆地的重组

6

重组集结
关于那穗双季稻,那位杂交水稻之父
心田里栽种了多少爱
就长出了多少株双季水稻
"民以食为天"
老百姓的天
在他心上抽穗
谁来养活中国
人们不再相信那些空话的秕谷
他心中的一茬茬稻子拔节
誓以喂饱一个民族
就此重组集结

关于5G等等
麒麟、鲲鹏、泰山、北斗……
催动
一个个动词燃烧一把把火焰
人工智能
世界所有的山河海洋
发出一声惊呼
丰富了韦伯斯特大词典的
科技索引

玉米农场（组诗）

◎ 林栀子

一年之中，我有三个季节要去看望玉米

第一次看见，是沿着田野整齐的分行
广袤，赋予土地写诗的灵感
相比走进一片花海，玉米平原
更能安抚人的内心
有风做伴奏，我们在田间一起朗读
玉米自由的天性

春天的泥土，视野纯净
播种，我们只要记下它的生日
现在它是婴儿，生长的动态都在农人手机里
半生的劳作，他们从未想到
在退休之前学会掌上种田

夏季，巨大的翡翠，绿色在加深

我拍摄的照片,不需要再添加美颜
叶子,是飘舞的裙带
缠绕路过它的人
——只为风解开
在风中,我闻到它的胚乳,有水果的甜味

秋天是为了庆祝。我重回故里
要穿过一片荻。呼啸是农场对我的欢迎
成熟的玉米,子叶丰满
它在自制蛋糕,煎饼,玉米油
我们都爱吃粗粮
沸腾的农场用玉米宴请

致 家 园

"我的家乡是粮仓"——
在一首诗中,我这样表达
一个人对故里的热爱,骄傲而直接
我愿做战士,守护你
当然我是女兵,偏爱的绿军装
很衬这片黑土地

我渺小,只有一棵玉米的身形
但我幸运,生在大好的年代
我们的愿望,被祖国记住

我母亲,教书也弹琴
她唱到"听妈妈讲那过去的事情",经常哽咽

现在，她用老年治愈童年
珍惜与感谢。我们与土地的情结
在加深

智慧农场

收割机开进秋天，它要用高音歌唱
秋收，是它和玉米在击掌
但你相信吗
它有无人驾驶的技艺
5G接通云端大脑，玉米农场
农业机器人正在直播表演秀

我们都被玉米惊人的弹跳力震慑
棒穗急于奔赴一生的最高点
难以想象，脱粒被无人机瞬间完成

金色跳跃。神器在翻晒玉米
柏油路让出半个身体，机动车对农作物
也有天生的敬意
太阳在加温，要给玉米再增加一次甜度
我的乡亲，满足感就是
坐在玉米中间。讲述智能粮仓
玉米，也有现代化的归属

致敬抗美援朝老兵

◎姜　了

1

老兵身上有伤疤，体内残留弹片
时间去愈合。日常生活里
有隐蔽的纪念
百岁的老兵
脸上眼里有沧桑和平静

2

寒冷也是敌人，也要命。在寒冷中潜伏
趴卧。雕塑用生命由历史去完成
常吃下雪，牙齿后来松动
回首战争，用后半生去咀嚼。心脏
不光在为自己跳动
心脏也是战士

3

耳朵被炮声震聋
正义之声总在心头回响。正义的子弹
炮弹都带有正义的血性与愤怒
正义必须昂头。沉浸在光阴里，老兵低头
常常陷入回忆
吸再呛人的烟也是淡
昨天战场上的硝烟曾冲撞肺叶

4

老兵曾年轻。鸭绿江
江水
曾被当年的豪情感染到汹涌
敌人投下炸弹，炸出的弹坑巨大
但不能埋没荣光

5

风是轻的
历史搭建的连接今天通往昨天的桥
才可掂量老兵的分量
承受老兵之重
走在和平之路
向抗美援朝老兵致敬

永远铭记
——缅怀抗日民族英雄、共产党员赵尚志将军

◎ 韩英明

被冠以红山文明的辽西
抑或将军的故里
再朴实不过的村居
忍辱　静默和殷殷希冀繁衍
一举奠定将军满身戎装　表情刚毅如许

在凤凰山脚下　乃至大兴安岭腹地
将军似曾小步审慎　艰难游走
在凌水波前　在松花江沿岸
将军一度洗濯智慧　深邃的目光灼灼
昔日多少回合雄浑的搏斗
多少次勇武地伸张
绝不只因抗日在胸中燃起火把
或许宁为玉碎和尊严等同

伪满洲时　整个东北天空阴霾

见将军左手操枪　右手握笔成诗行
深挫日军那一刻
怀揣侠肝义胆抑或举手而成
锋芒之间　游刃而有余

将军传奇一生　也曾蒙冤数载
他颇具鲜为人知的一面
亦有灿烂和异样的风采
只因日寇的"扫荡"和奸细的黑枪
将军走了　遗憾到如今

逝者如斯
或风骨　或英灵犹然健存
笃信　祭奠和怀念
这些足以让后人肃然起敬
在朝阳赵尚志纪念馆　将军塑成一尊石雕
梦呓时分轻轻叩问
国有国威最强音

凌水欢歌　青山含笑
将军凸显一抹曙光
后人擦亮了眸子跟着行走
将军魂——
原是那样意气风发　英姿飒爽

组 诗

把日子过得像清晨一样

◎熊 伟

鸟经过的地方

天亮,就醒了
躺在床上
听窗外的鸟鸣
在这奇妙的世界
我身体的音符安静而舒缓
灵魂的音符飞出窗外
紧随一只小鸟
从一根树枝到另一根树枝
天空里只有歌唱,没有烦恼
不必担心,我的灵魂
音符没有走远
它在鸟经过的地方

早晨的天空

春意荡漾的日子
还有什么比拥有一窗户
清澈的蓝更惬意
我站在窗前
眺望
高兴得像个孩子
吮吸奶水
紫罗兰的枯叶，回到过去
变成小花猫的喵喵声

把日子过得像清晨一样

把日子过得像清晨一样
幸福，阳光铺满绿篱
小鸟在池边
安静的水里，白云带走水波
哦，这样的人生如此美好
才刚刚开始
清晨和阳光的山顶开满了
紫红的风铃草

中　午

阳光充足
大中午，安静极了

像母亲一个人看电视剧
旗杆上的红旗垂下
偶尔飘起一角
我在床上拱出一个舒服的位置
给这平凡的脑袋
然后假装瞌睡,有意浪费一些
暖暖的阳光

厚厚的积雪上,有几棵树,让我想起……

雪地上,一群桃树在奔跑
死亡在耳边呼啸
当我们想起那些战争
就会为这些落雪感到伤心
低矮的树干粉刷白灰
是为防虫。阳光下,它们
更像直立而粗壮的马腿
踩住,空白的
死亡名单,要飞走

仰望天空

走在回家的路上
广场跳舞的人群还没有散去
人影使灯光更加妩媚
我悄然消失
像他们中的一个
仰望天空,星星的舞步

像草尖上的风
从未停过。因为遥远
我不受任何干扰

雨　后

雨后的清晨是清凉的玻璃珠
有铃兰的花香，淡淡的
看着圆叶上的水滴
更加喜欢昨夜下雨的宁静
葡萄藤上，一只蜗牛向上爬
慢慢地，扭动它的触角
四角的天空
灰喜鹊从不同方向
飞进树冠

外面的风好大

外面的风好大
安稳的人，恐惧也安稳
树叶的一生都在颤抖
即便是冬天
谁也不能奈何
寒冷的自由
一杯烫酒下肚
宇宙垂下温柔的发丝

人 世 间

◎李 冰

鸟 鸣

清晨的窗外
总有些什么鸟,也不知它们
在交谈辩论着什么

隔一层窗帘
我,就近距离地躺在
它们隔壁

只隐隐觉得,其中的某句
或许,跟自己有关

向 晚

能令我回想起来的事情越来越多了

总在不经意间，一转身，一刹那

它们是无孔不入的风
未经绸缪的雨

夜空中闪亮的星子
随时都有可能，被谁信手拈来的
一朵什么花

清明之诗

他们在里面，我在外面
隔着一层土，隔着一茬茬
茂密的草根

有没有雨已经不再重要
这世界从不缺少眼泪

好像也只有到了这个日子
树才能找到根
路才能扯出一座山，几小抔土
人才能回想起出身跟来历

我始终坚信
在祖先们面前，只要把自己的内心
打扫得干干净净

那些经冬枯萎了的花草

自会在冥冥中
绽放醉人的芬芳

茉莉开在十楼

茉莉开在夜晚的十楼
黑暗中一颗颗孤独的小星星

茉莉的香气如此清新淡雅
一副小家碧玉的样子

温婉的茉莉，素面朝天
一袭绿衫，只管斜倚在窗侧

茉莉的花期，你为什么那么短
让我抓不住爱情的尾巴

慢 时 光

可以去爬山
春日里采蕨，秋天里拾菇

站在白云的肩膀上
看各色花开，听鸟鸣于树

山坳里的寺庙
且让它，把最后一本经书诵完

容许：老和尚打盹儿
小和尚走神儿

而我，有足够的耐心
晾晒一番自己

坐等一棵新笋，一寸一寸
轻轻地，破土

人 世 间

总有些谎花在黑暗中盛开
总有些行云背负着泪水
总有人咬牙，强忍住哀伤
总有些秘密，被种进土里

窗外的蔷薇

◎冯　岩

曲　径

黑暗舔舐过的清晨
露珠抵达即将枯萎的叶片
氧气从树皮里抽离
野草有了活命的生机

炎热，干旱，脆弱的生命奄奄一息
等雨的人，蹒跚地用足底抚摸皲裂的土地

改变命运的不只是一场雨，像昨夜
灯光里舞蹈的文字在枯萎中的渴望
有了一线生机。低矮的窄门反映出长长的影
容纳黑夜里的梦话，理想与现实等距

清晨的阳光切开一个断面

影子与身体重合,光聚焦在远方
一条直线延展一份执念

榫　卯

实木,实心。思维构建的平面抵达立体
支撑四面八方的重压

坦然面对世间风雨,稳重,传承大爱

千年不变的承诺,无声
在唇齿相依中默默前行

隐藏内心的屈辱,隐藏在角落
灰尘覆盖,闲置的冷落

初心不改。凹进去和凸出来,默契
像默契的家庭,聚散都是凹凸的完整

窗外的蔷薇

又开了,在5月
花香随着摇动的风,一阵一阵飘进来
耳濡目染的事又一次走进季节

占据嗅觉和视觉的不只是花的芳香和色彩
还有心底掀翻的热浪
与站在奔涌的汨罗江

一袭长衫忧国忧民的人
决绝。站在风口浪尖

味蕾上的粽香,躲避鱼虾的啃咬
沿袭。从视觉抵达肺叶
走心,入肺,直抵细胞组合的肉身

执念。以文化传承的血脉
在粽叶开启与闭合间留下一份思念
正义延伸,有了穿透灵魂的棱角

窗外飘进的花香。一步一步爬到窗沿
闭上眼,嗅觉和味蕾一起品尝那一段历史
风一阵一阵说不完艾草伴着浓浓的粽叶
蒸煮人间史话

烟　斗

与唇触碰的硬度,一丝一缕变得柔软
看透心思把缜密拆散,从一团到另一团
人生有了染过的烟草味
眉头锁住的是升华后的空

明火忽明忽暗,凉和热有了明显的分界
掏空心底的,酿出的
升腾和飘散在哼出的鼻腔里,过滤

过眼就是烟云,就是隔世

仿佛一眼千年,从嘴里到肺叶
眼睛冲淡心手相依的不舍

坡

弯曲。身体前倾。低于腰身,匍匐状
改变固有的姿势,避开世俗的目光
向前,身体和行动一致,三点成一线

低下的瞬间,眩晕。黑连着黑暗
挺直的脊梁有了弧度。弯成月亮
空隙里有了一线光明

自己能听到自己的喘息
狂跳的心脏超出异样目光里的负荷
坡度陡峭,拐进另一个坡度

直起腰身的人抹了一把脸上的汗渍
平缓一下喘息,在此把头弯曲成直角
手像在深水里摆渡
向前划行。弧线发出强光
一些嗤笑反射到一张张惊讶的脸
坡度从一个高度拐到另一个巅峰
一些落下的都成了距离的点
慢慢蠕动

其实我也是一棵沙棘树

◎觅　青

枯叶蝶的春天

必须模仿叶子的老年
把皱纹、老年斑、迂腐镀在表面
把爱和恨揉进血肉

枯叶蝶的春天
清风拂过开满鲜花的午后
看甲壳虫与螳螂的战争

枯叶蝶的触角，在树上生根
在生存的B面感知太阳和雨水
一旦打开翅膀
便在低调的奢华里起飞

一片金色的叶子

让我想到发卡、书签和礼物
而一只枯叶蝶
我把它当镜子,照到高山仰止

劳动公园所见

仿佛开闸的水
人一下子全流出来

大家说什么已经不重要了
重要的是阳光正好,春风正好
女孩的白纱裙和男子的红T恤正好
莲花池边清澈的消息正好

那条石板小径容纳很多人
紫薇园的歌声时而嘹亮,时而柔弱
硕大的足球,倾诉过城市的内心
莲花山倾斜的绿
遮挡了一半红尘、一半禅意
园里,喧嚣一直在持续

大家奔同一树花开而来
镜头对准的,除了4月的千娇百媚
今天,花是主语
你看,玉兰花、杏花、桃花、梨花
和半梦半醒的樱花

小 酒 馆

曾经的菜品都在昔日里繁华过
现在寡淡到就我们两个人
三个菜盛满餐桌卖
锅包肉在两个素菜中间
多像三口之家的儿子或女儿
酸或甜在不知不觉地流失

我们不经意地
把苦水一杯一杯倒出来
有时沉默，停顿，在一个
未知的倾诉里收敛愤怒
后来我们索性用白开水推杯换盏

那时，外面的玉兰红的打着花苞
白的继续纵情怒放
下午的湖水都流成过去
但芦苇和桃花会在潮湿中醒来
它们在细碎的时光中婉转地轮回

不像我们，始终迷茫明天
或者恐惧书写下文

其实我也是一棵沙棘树

提到沙棘树，天空便矮下去

多年前我赶着羊群经过它
啃食过它灰色嫩枝上的叶芽

那时年幼,我分不清它是乔木还是灌木
不懂气候和水土流失
我甚至不知道南川北川东川都有丘陵
它肆无忌惮地长在我故乡的山坡上
和山枣、山杏、山里红遥相呼应
山下的溪水汩汩地流着
那时它是山里的野孩子,我也是

我们都曾桀骜不驯或难以驾驭
我的镰刀不小心被它刺伤过
它总是割一茬再长一茬
那时我不知道晋北岢岚宋家沟
我和沙棘树都是贫穷的

幸好岚漪河流贯
黄河的支流不断繁衍生息
我童年的沙棘树便连成片
那棵扎伤我的沙棘树
我仍然分不清它是乔木还是灌木
我不确定它能支起一缕阳光
还是能覆盖一方热土
那些成串的红果
终将让风沙平息,明天甜蜜

致敬,把航天梦写实的人

◎程云海

追 忆

洁白的纸上
写下送给你的祝福笔画
关于黎明
关于梦境里的想象
关于你

岁月和灰尘
留下的痕迹
沉默不语
精心构想的
生活片段
连缀成一行行文字

小站铁轨交会处

几只飞鸟掠过
像极了我们年少时擦肩而过的慌张

故乡已被亲人修饰成
书籍中的一种符号
只有你的音容
摆设出清晨的浅唱低吟

用我想要寻找的语言
追忆我的青春
遗落在那间落雨的客栈
挡不住青苔上低旋的寒凉
想象总是那样遥不可及

师　者

身影掠过的每个角落
都会留下欢笑
那些孩子的心底
被你种下春天
种下人间温暖

你是摘下星星的妈妈
是的，你和像你一样的人
将大爱
撒进一个个童心
撒进时光河
成为茫茫夜色里

他们头顶上的一轮圆月

真想重新走回童年
躲进一间童话的房子
听你绘声绘色地描述
一棵草或者一朵花
拔节春天的声音

致敬，把航天梦写实的人

轻轻写下你的名字
带着敬意，一笔一画
你是天马行空的诗人
用清晰的太空行走
在广袤的蓝天上留下
关于中华民族图腾的印迹

承载了多少人的理想
二十余项科学实验和两次出舱
让中国人的航天梦
化作现实的激情歌唱

"若垂天之云"
这是庄子《逍遥游》中的景象
我们的英雄已在太空写下新的篇章

这是中国航天史上的第八次载人飞行
是东方巨龙崛起的大写意象征

我已经记住了你熠熠生辉的名字
王亚平、叶光富、翟志刚

远古时代浪漫的美丽幻想
在科学的精神与智能下
演绎成民族的崛起和振兴

神圣的使命和情结
满载离太阳近一点的诗行
你用声韵铿锵的独白
吟出航天之旅的交响

玲 珑 锁

◎青儿格格

沉醉不知

应该想念。应该
以吻封缄
应该郁绿。在郁绿的掌前
吹一些过往的风

说应该的人守荷塘
把自己囿于田田
这执念不悔的庸人
额头宽阔，足以一匹马奔向草原
琴弦断在流水处
这烈烈红尘

不如醉。酒深之后
才敢拨开这绿、这粉、这一朵朵妖孽

才敢说
爱你啊

小满小记

我爱。此时的满盈
河流，小溪，水塘，沟渠还有
蓝的海
爱。绿意里的留白

张开的未张开的惺忪的眼睛
笑成幸福的皱纹
孤独浓稠。相思陡峭
站在崖上热烈成一片的欢喜

这小小的满
这满里溢出来的爱呀
这爱
参透玄机
化身一片片待收割的
麦田、云朵

所以，是夏天啊

你看。那些星星
你看，水面上的倒影
你看到了吗？

过山过水的莽莽人间
草木开始叠郁
捉星星草的人泅进一汪蓝
说妃红、苍青、酡颜、月白、十样锦，说远山如黛、青梅煮酒、桥下春波
是了。这就是人间绝色

所以，是夏天啊
你蓝衣襦裙，我月白长衫
一蓬蒿草远啊近啊
而我。只不过是隔着翠色苇叶
看你一眼啊

我 希 望

窗外的丁香开得茂极了
而我，美好面前总是呆笨
华年和锦瑟衍生溪流
淙淙入海

北纬38.82度
山陡峭，海水澈凉
一些旧忆，轻轻捻起，慢慢成绳
我没听过北洋水师的炮声
没有过颠沛流离的生活
我的听说只是听说

在旅顺大坞。在山崖

在黄金山古炮台旁
有风鼓起白色衫。我的长发，你的脸
关于理想和未来，关于梦和渺小
我从未跟你说万事要从低处开始
请你原谅。二十岁的姑娘

我希望我是纯真的，一如从前
我希望我是辽阔的，一如今天

玲 珑 锁

我在绛红色袍子腰间绣了一只
锦鲤。这样的红
让我想起扎什伦布寺下山的僧侣
他们经过杏花，经过磐石
他们有一双梵眼

我这个红尘俗世里跌宕的女子
花开即禅，花谢即意
我要的青天碧海波连着波
要凡尘中烟火里的人们春天种下麦
要生儿育女

要岁月里一直流传着动人的传说
那些歌唱爱情的句子被加持
祖父的玉石帽正
我的一把玲珑锁

草根上的乡愁

◎张志友

草　根

我俯下身去
双指插入比草根还低的位置
才感到这最原始呼吸
是没有任何污染的
我只想躺在草丛里
回归到只贪恋最原始的空气
只期待阳光和雨露

早上太阳还没出来
小草尖头的露珠格外水灵鲜亮
它是这个世上还没落进尘埃的眼睛
我透过这滴露珠
看到了清洁女工
被放大的幸福

一粒小米

我把一粒小米砸开
我看到了裂开的世界
那里有我房前的黄土
看到了门前清冽冽的井水
看到了牛犁划过的弧线
看到了田垄不曾弯曲的性格
看到了夕阳不得不沉沦的前途
看到了落叶不得不倾诉的遗训
我看到了父母亲离开多年却仍然相敬相依的笑容
看到了沾满泥土的一辈子

我把一粒小米砸开
里面是一个渐行渐远的村庄
那粒小米是砸不碎的乡愁
我与小米里的世界仅一步之遥
我却再难走回

我把一粒小米砸开
我闻到了破旧的屋檐下
冒出的热气腾腾的米饭香
和一个灶膛前眼巴眼望的童音
顺着笔直的田垄
我仍能看见远方的半轮新月

这里有我祖先一代一代单眼皮的期待

有一只大雁飞向了落霞
有一只水鸟从烟台河里扑簌簌地飞走了
有一行行的庄稼地正被风吹醒
有几只家雀争食一簇簇谷穗
看见干渴龟裂的土地上
一支古老的弯锄在禾下艰难地
抠出了一株孤寂的灵魂
一缕一缕的烟尘亲腻了的汗滴

我把一粒小米砸开
我看到了一句布满皱纹的烟雨

草根上的乡愁

我这是怎么了
只要一提笔
笔尖就滑落一大滴一大滴的乡愁呢
在宣纸上晕开的
总像老家门前大槐树上的鸟巢
一个牵挂着一个

天边只要飘过来一朵云
我总认为是从故乡飘来的
总认为那云朵
是母亲灶膛前烧出的缕缕炊烟

对于我
没有比炊烟更远的风景

炊烟的尽头依然是炊烟

我的乡愁啊
就是黄土地上
一缕不散的炊烟
因为它是从草根静悄悄地燃起

给我一杯雨水吧
我用它浇一浇
漫山遍野的永不枯竭的草根

布 谷 鸟

在我的老家有一种鸟的叫声
不关注飞翔
不关注天空
却关注五谷
关注犁铧
关注墒情
关注风调雨顺

它的每一声呼唤
都恨不得能让黄牛遍地开花
它是否带着啼血的颤音
把干涸的土壤啼出云雨
啼出阴阳五行
啼出天地合则万物生

乌篷船

◎张增伟

乌篷船

先是出现一支橹,划皱平静的水面
接下来是一艘乌篷船从西塘古镇的
一角,进入这幅水墨画的画卷

乌篷船在一个埠头停了下来
它要卸下属于旧时代的某些东西
比如那棵银杏树的陈旧种子
还有开得正艳的杜鹃花的老根
还有雁塔禅院的所有忏悔
这些东西都要沉入水底
作为荷花的肥料

轻装的乌篷船依旧在水墨中行走
画面开阔起来,水中另有烟火

那些斑驳的房子、暗淡的红灯笼
都在水面下随风波摇摆
在古巷的更深处
不仅要有一掷千金的醉客
更要有走在石板路上
打着油纸伞的江南女孩

画卷的尽头,小桥流水隐约可见
几缕炊烟飘荡在天际
乌篷船不见了,好像整个西塘古镇
都是它从水上驮来的

西塘古镇

那从春秋流淌出来的水
滋润着西塘古镇依旧鲜嫩的容颜
随水流一起来的,还有从祖母口中
唱出来的童年的歌谣
在歌谣里,我骑在水牛的背上
吹着竹笛。水牛低着头
悠闲地吃着青草
那棵正在成长的银杏树
年轮里装满了古镇的故事

水车不知疲倦地工作着
连接着农舍与稻田。蛙鸣此起彼伏
杂草掩埋的田埂上,深深浅浅的脚印
相挨着,就像是情书里的文字

荷花在河面上铺展开
铺平了渔家女回家的路径
黄昏降临后，萤火虫与田歌
在夜色中飘荡，恋爱中的男女
不再是歌中的五姑娘

春秋的水继续流淌。每一个疲乏灵魂的
前方，都有一个可以停靠的埠头
我们可以到塔湾街买醉
然后到雁塔禅院忏悔。再买醉，再忏悔
百炼成金，才可以成为禅院中最有力的
撞钟人。我们可以住在西街
与邂逅的女孩隔窗牵手
也可以什么都不说，看对方眼中的自己
最后要在心中留下一个位置，给彼此

莫 愁 湖

顾名思义，每当我心头上的那块肉
变成石头的时候，我就会来到莫愁湖边
当一朵盛开在湖边的野花
湖水总是那么透亮
就像是婴儿刚刚睁开的眼睛
在这里，你会忘记乡愁或与乡愁有关的
东西。我们用湖水洗涤身体
用莲花的根茎，捋顺我们弯曲的骨头
那些骨头再度成为种子
在春暖花开之前，以一匹快马的速度

在那些苍老、衰退的躯壳里
种下青春与活力。在莫愁湖边
我们只谈经过,不谈结局
那些沉淀在心底的话被放置在镜子前
被阳光、月光反复冲洗

抱 月 楼

把茶摆上,把酒摆上,把窗子打开
让月色坐在主位
要把夜色当作笔墨投放到湖水里
要去掉烟火的味道
夜色清冷,我们小声畅谈

这是我为自己新筑的小屋——
抱月楼,只属于我一个人的温暖
我努力将自己的疼痛淡化
在世俗,我伪装幸福
在野径上收获成熟

留 灯

◎高凤超

留 灯

墙壁上方有个猫眼大的洞
悬着一盏十五瓦的小灯泡
天要黑到看不清了
母亲拉一下灯绳
一团昏黄的光同时关照了
里屋和外屋

吃完晚饭,母亲再拉一下灯绳
我们摸黑儿在屋里扒苞米
说着话,月光就照进来了
窗外升上的月亮
像上天为我们送来了另一盏灯

那年夏天我在县城读高中

周六下午回家，途遇大雨
爬上驮道岭时已是深夜
远远地，我望见了家
望见了唯一亮在天地间的一盏
暖暖的，豆大的灯

要是我们谁也没吃到硬币

包年夜饺子
母亲要洗净几枚硬币
拌进馅里
她对我们说
谁吃到了硬币
来年就能交上好运

头一笊篱饺子捞上来
要供上灵位
敬祖先

要是我们谁也没吃到硬币
父亲就满意地笑了
他会说：好兆头，好兆头
钱让咱的先人们收去了
他们会保佑咱们
明年都交上好运

幸福时刻

这时,稳稳当当
这时,慢

父亲装满一锅烟,压实,点着
一团烟雾缭绕开
他的天堂出现了
在地头的树荫下
他坐在一块石头上
整个上午,那块有表情的石头
像一直在树荫下等他
从早晨开始,他弯腰在地里锄禾
此时太阳快升到中天了
最后一条长垄离那儿越来越近
他要把地里的草除净才一心无挂
这个漫长的过程
需要他怀揣一个时刻

现在,他在那个时刻里出现了
稳稳地坐下来
对于享用,他不急
他慢慢脱下鞋子
倒出一些细土
几颗随即滚落的石粒
已与他磨合了多久?

看杏花

◎大连点点

看 杏 花

谁说的
不到杏花里,不到阁条沟
不叫看杏花
因为看杏花,我们的腿脚格外好用
大道上饱满,小道上有劲
别过半吐半绽的八里庄
越走越远
经验是眼前的风景未必不如远方的风景
但谁也不肯相信
我们越走越远
越走越明白:山北的气温不足以支撑粉白的杏花露出她的娇脸
今年就这样了
留一些盛开给别人
也是一件好事

歌 唱 家

那个行走不便的孩子
每走一步
都在笑
不管上坡下坡
她趔趄着
努力踩稳两脚的脚跟
那个风霜遍染的哑者
早已不在乎
生活给了他多少棍棒
他有一支竹笛
她有一直向前的流水
坐在院中看日出的人
双目已眇
脾气有些暴躁
但他说这些光芒万丈的银针
扎在百会、太阳、膻中、命门、涌泉……
此刻，他舒服极了

在 路 口

◎宗 晶

夜半时分

广场终于回到空旷
玉兰、杏花、桃花、迎春花
终于安静相守
站在窗里的女人打开窗户
把收来的喧闹
一根根抛了出去
广场上，暗香浮动

那位坐在电动车上的老人
正抬头仰望
她的目光柔软，像一把剑
触痛春天的喉结

在 路 口

转身,就是一道背影
每个瞬间都不能成为永恒
即使你回头
也只是看到我的浅笑
我迎风流泪的面颊
永远在无人的夜色里
不在这个路口

相向不是为了更近
相背也不是为了更远
你来了,我走了
有多少个瞬间被唤醒
就有多少个瞬间被遗忘

早春的叩问

大雨,大雪,大风
早春里,这些叩问是真诚的
雨点打在玻璃上
雪花落在融雪剂上
大风吹疼嫩芽
一朵朵冰凌花
探出头来
舒展冰凉的腰肢

这么多的美源于疼痛

重 启

落叶归向山洼
产完卵的蚂蚱很悲壮
最后一场秋雨有些肆意
大地的这些键盘手啊
弹出了欢乐的乐章
又都哗然转身

牧羊归来的二伯步履缓慢
他按下的暂停键
正被身后的羊群重启

描述一只麻雀

◎星 汉

漏水的水管

整整一个晚上
我在忙碌，在修复
漏水的水管
我的动作笨拙、吃力
不得章法

天，渐渐地黑了
更黑了
水管依然在漏
一滴接着一滴
一滴接着一滴
一滴接着一滴
不停地漏……

不能再漏了
再这样漏下去
近处的河流怎么办
高处的湖泊怎么办
远处的大海怎么办

我呆呆地坐在那里
毫无办法
不断地吸烟
像一个无法堵住时间的人

地板上的老虎

它安静的样子
和它身上的花纹一样安静

它低头，轻合二目
像一只孤单的老虎
像一只寂寞的老虎
像一只伤感的老虎

今夜，星光灿烂
它在用大把的夜色
另一只老虎
应该是一只遥远的老虎

这一刻，仿佛它不是山野之王
不是一只凶猛的动物

而是一团柔软的情感

我说不好，它来自哪里
也许来自天上
也许来自某本翻开的书中
也许是因我眼花
错把脱在地板上的
毛衣，看成了一只老虎

夜　渐　深

夜渐深，母亲
还在和我说话
那些几十年前的旧事
不知被她说了多少遍
每次说到有趣处
八十岁的母亲
小孩子一样先乐了

一连几个晚上
母亲就这样和我说着话
往往是说着说着，她就睡着了

母亲的呼吸之声
从床的那头传过来
让我暂时忘记了
活着，本是一件慌张之事

描述一只麻雀

它一直没有动
像一个蓬松的线团
如果真能找到线头
不停地拉
就会渐渐变小
越来越小
最后连影子也不会剩下

我不应该这样描述一只麻雀
应该把它描述得温暖些
健康些
快乐些

应该给它谷粒
让它嗉子鼓起
应该给它树干
让它上下跳跃
应该给它故乡
让它朝思暮想
应该给它爱情
让它满腹柔肠

当我描述到这里,发现
送给麻雀的
好像也是我自己想要的

怀 念

◎李嗣泽

怀 念

爷爷了无牵挂地走了
他的瓦板和抹刀
曾把落日和黄昏的悲情
朝太阳的方向
高高举起

乡村里的贫瘠
冷落成孤单
留在了繁华的暗影里

没有谁能记住
源自灰浆里的背影
历经怎样的风,怎样的雨
把卑微,顽强地

熔铸成天地间最小的沙粒
让我的心
一次次去洗涤

爷爷，想起你的时候
我就会用手摸摸
冰冷的墙
那里深藏的热量
足以温暖我的一生

秋天的疼痛

想起那些来自秋天的疼痛
泪水里就会翻动出
片片久违的金黄

镰刀不再夸张
用寂寞还原了本质
锈迹斑斑的事物
总会把封存的记忆
越拉越长

也许这是最后的燃烧
草木极力呻吟出的沁香
像走失的孩子
不知该流落到哪里

没有谁会在意

南浦土里长出的概念
让多少悸动的心
从此平静
因为有一颗火种
经不起摇荡
它多么害怕
缺席人间的五行

断带的河流

试图从身体里寻找多年
失散的星光
风，在水面极力地
跑来跑去

有多少，二百零六块骨骼里
镌刻过的苦难
就这样
在不知不觉中被剥蚀

河水断带的地方
总会有枯黄
涂抹出晚秋的怅惘和寂寥

当歌声，在川流不息的人群
热闹的游园
像秋千一样荡来荡去
那些摇头晃脑的游魂

将被怎样安放

变迁中选择没有憧憬地离去
一如这没有怀念地观赏

失忆的羊

◎芒 点

失忆的羊

失忆也是上苍的赠予
有时候是一种幸福的症状
失忆的羊,总是嘴里衔着青草
在草香里游荡
——唯一的遗憾是天黑了要回家
失忆的羊,眼含蓝天
一身白云
歌声里充满颤动的曲线
所以失忆未必是坏事
失忆的羊,一生只哭一次

落叶将在春天融化如雪

雪未必是固态的

也可能有颜色
雪在夏天的某个昵称叫滂沱
在秋天的马甲是萧萧
黄马甲、红马甲
有时候跌落反倒是升华
大地呼唤回归,季风频频催动
根深处传来母性的心声
雪只有在最冷的日子
才呈现本相:纯粹的星状体
而所有的落体在春天都将融化
新生的结构层,等待着崛起
成为坤卦的一部分
梧桐叶、银杏叶、枫叶
重新组合,骨肉一体

狗 尾 草

它们填补了田野荒芜的部分
但它们自身
也总是杂乱无章
它们看起来并不美
更寒酸的是,几乎不生产粮食
但当它们低下头来思考
不是因为自卑或屈从
而是感觉很舒服的生存姿态
——自然、率性、自由
这些难道算不上美德吗
而更绿沉的爱,来自怀抱中的

虫鸣、风和星斗
每条毛毛狗里
都住着一个野丫头

卡萨布兰卡

它代表的也许仅仅是一杯咖啡
一个女人的侧影
在暮色笼罩摩洛哥之前
它是白的
带来远方的迷幻光彩
街边的棕榈树
在一部电影中迅速长高
蓝色的地中海
和金色的撒哈拉
在树下重逢
夜开始制造迷宫
在灯光的摇曳
和咖啡勺子搅动中
你、我还有他，一同找寻
今生永不背叛的爱情

老了的村庄

◎杨秀芬

麻雀,我这些远房亲戚

天冷了,一场雪下来
你们的日子就不好过了
枯萎的枝头,垂着几片老气的叶子
经常成群结队,穿着枯叶一样色的衣服
在上边蹦来跳去
叽喳唠着饥饿的往事

这让我想起老家的亲戚
讲着土里土气的方言
露出玉米色的黄牙
却是他们,喂养我年少时的辘辘饥肠

一个乡下长大的孩子
血液里溶入大地的颜色

我想亲近麻雀，就像父亲亲近土地
遗憾的是，我的心怀里
再也掏不出几粒米
让它们在这个冬季，充饥

老了的村庄

常常在颠簸的梦中
回到了，那个斑驳的村庄
远远望去，像一位驼背的老人
双脚裹满了泥土
驮着村庄在行走
步履蹒跚，不知道
怎样才能稳住身体

我为泛黄的乡情纠结
在心中一直寻找着
遗失在他乡的脚印
不禁下意识地看了看，自己的脚
也曾被尘埃、泥水包裹

如今的村庄
我看见，炊烟从老屋后袅袅升腾
宛如一条扯不断的乡愁
缓缓攀上几棵老树梢头
将它们无声地包裹

鸭 跖 草

想起你的名字，一个女孩
出现在儿时的眼波里
衣着朴素，不施粉黛
弯卷的头发，扎着两条羊角辫
系着好看的蓝头绳

夏天，你会在田间地头
坡地上，开得那么蓝，那么纯粹
你是那样爱小牲小口
扯上几句乡音揣进怀里
就喂饱了，那个贫瘠的年代

如今，那个老去的村庄
已添了太多的皱纹
那个喜欢蓝色的姑娘
也变了模样
在日子这双手里，浣洗的
头发，留下太多的霜白

那 条 路

年少时，走过
那时凹凸不平，像我的生活
被硌得趔趔趄趄
那条窄窄的往昔

不知是逶迤,还是崎岖

西风举着笛子
吹红了大山的腰身
还是当年那条路
却走过了霜年的光阴

大雁的人字阵,每年都这样写
所留的印迹,够我一辈子诵读
我写出"故乡"时
人生的年岁,已是深秋
路有万条,脚踏实地
树高千丈,落叶归根

异地生活

◎王桂芹

节日，或者打工的姐妹

都走了，她却被孤零零留在这里
陌生的城市，已经没有沾亲带故的人
归巢的大军涌动，她却滞留
踌躇的眼神，那一刻
有泪滑落
遥远的家乡，那个贫瘠的地方
好像早已忘记了她的身影

一根纤细的藤蔓，她生命的依傍
寒来暑往，四季更迭
看护老人的依恋目光，有一丝慰藉
刚毅的眸子，伪装着的笑。她的背后
有多少不为人知的秘密

璀璨的夜空,她的心随着
爆竹声响起,她躲在暗中哭泣
这个灯火璀璨的城市,无法包容太多的委屈
异乡姐妹,想念家人时
看看头上的月亮,就已心满意足

农 民 工

一生下来就握紧拳头,与命运抗衡
站起来,蒿草高过头顶
常常被无妄掩埋于田垄,与百草枯荣
苦蒺藜仰起头,透露行踪
握锄头的人,被他暗示去了远方

悬挂在城市上空,编织着人类的网
自己的脚下虚无的础石
他们是大地上的砖石
钢筋铁骨的汉子
在电力操控的搅拌机前,也弯腰前行

他们的身体里,装着一道闪电
打开时,是惊悚的雷
合上时,是被命运抓住软肋的疼痛

生活,更像是一个节令
所有的人,都披星戴月抵达

桓仁咏叹

◎宗冠旗

五女山

山是地壳活动后受伤的产物
伤成什么模样谁也无法预料
长成现在这个独特的样子
据说是五女山自己的决定
这样更适宜在那上面
生长出兵营和宫殿
种植成片成片的月光
囤积令人神往的传奇
汉朝的风喜欢吹拂北面的崖壁
唐朝的月亮爱在东部空地溜达
宋朝的云雾总聚坐在树林间
将马蹄声藏在山坳里那是明朝的事
通往山顶的新修石条路
是留给现在的人和梦想的

桓 龙 湖

这是一处纯净的仙境
盛满了纯净的天和云
纯净的水宠辱不惊
在这里人也会纯净起来

这是有民族气节的湖
哺育的英雄都是中华儿女
既然身体中奔流着中华的血
那就一定要有个龙的样子

望 天 洞

梦想封闭得过于久远
就会沉淀出太多不可思议的惊叹
亿万年的沉默和思考
让这洞穴积累了过多的素材
每个前来创作的世人
都会眼花缭乱措手不及

我一直认为它的形成源于执着
纵使生长在地底深处
也要将这坚固的岩石打破
洞穿这禁锢理想的黑暗
望一望天是什么样子
看看人间是什么颜色

枫 林 谷

这是一条通往健康的山谷
行走的每一步
都在治愈心肺疲劳
你会因此沉醉流连忘返
在这里你将体会到
呼吸是幸福的
在一呼一吸之间
那山那水便在你的身体里
走了一个来回
那万千枫叶便印刻在血液中
帮你过滤掉
尘世的污浊和压抑

不种高粱的父亲

◎何桂艳

春天有了更好看的样子

我喜欢看初春的土地上
那个扎鲜艳围巾的女子
她手里的农具
在土地上深入、浅出

我喜欢看她手搭凉棚
仰起头
估摸时间的样子

我喜欢看
她每移动一步
阳光就像清泉
迅速灌满她的脚窝

刚刚，在回家的路上
她慢慢蹲下，俯下身
轻轻嗅了嗅那簇细碎的山茄子花

春天就有了
更好看的样子

不种高粱的父亲

十七岁那年
爸爸带我去割高粱
我无意中被高粱茬绊倒
嘴唇缝了四针

从此
父亲拒绝再种高粱
种子被束之高阁
与防蛀的花椒一起　囚在
我家西厢房的房梁上

多年后妈妈告诉我
爸爸一直以为
自己就是那棵
绊倒女儿的红高粱

在阳光下挑选种子——致霞

她戴着围巾
在阳光下挑选种子时
是一个女人最美的神态

这么多年
她从未离开过土地
握锄头的手
偶尔也拿起笔
写几行或深或浅的文字

更多的时候
她还是喜欢土地
在春天
她会把自己播种的声音
读成一匹马的奔跑
把渐次钻出土的星星绿色
想象成飞翔的翅膀

玉米,多好听的名字

在那条通向庄稼地的土路上
两侧的玉米一退再退
一矮再矮
仿佛接不住我的目光

玉米，多好听的名字啊
仔细想想这甜甜的两个字
想想那不可多说的颜色
就心动

就忆起——
码玉米时也码月光
就忘了从头到脚的忧伤

而今，这落难的玉米
多像某一年的自己

母亲，拉着我的手走进春天

◎丁显涛

洗 衣 服

身在尘世
不可能不沾染尘埃
生活的意义
别让自己，灰头土脸

那么多五颜六色的衣服
需要认真清洗
过于妖娆的
要清洗掉里面的浮躁与火焰
过于污浊的
要还给它洁净与清白

其实，洗衣服就是洗衣服
没有浮想联翩的神圣

我们想拥有的
不过是，贴心的温暖
干净的人间

母亲，拉着我的手走进春天

真好，新鲜的春天
真好，春天般的母亲
花朵开在布谷鸟的叫声里
每一瓣都芬芳迷人
跟随阳光雨露的脚步
母亲，拉着我的手走进春天

童年的花枝逐渐招展
欢乐，在草长莺飞的丛林里安放
在春天里温暖长大的人
注定会有一双翅膀

驻足春天的山冈
我用沉默倾听
茁壮的树和温柔的风
带给母亲，低低浅浅的合唱

稻田守护者

劲风吹过
那些孱弱、消瘦的稻子趔趄着
多像，因为饥饿流离失所的人群

干瘪的乳房，被掏空的身体
眩晕的天空

一双大手用尽毕生
安抚一粒粒种子
让它生根、发芽、抽穗、长大
与村庄骨肉相连，直至喂饱人间
那些嗷嗷待哺的孩子
会用一生记住阳光、雨水和土地
还有土地上
高高站立的那个人

那些藤蔓植物
攀爬
是一种本能

出生之日
一双柔嫩的小手挥动
抓牢母亲
抓牢一缕稍纵即逝的春风
努力攀登虚拟的山峰
摘一朵云做枕
在月亮的臂弯安睡

唯有识途的根
在故土招手
多像
微笑着又沉默不语的亲人

静物素描

◎ 肖东海

一万本书和我自己

我的一本书
很薄很厚
我看着这本书的时候
就像面对一个世界
我尝试
和这个世界对话
一个小时和
一分钟
有时候遥远陌生
有时候亲近熟悉

后来,我困了
我想睡觉去
我把我的书　放在桌子上

它一声不吭
就像一位沉默的老人
一个羞涩的姑娘

我有很多种书
它们就像是树木
一边一边地站在我的房子里
我想
这是我的不同的世界

这世界中
有一万个
不一样的我自己

面　包

早餐的时候
我喜欢吃一个面包

我的味蕾和麦香
浓郁中识别
一次邂逅的爱情

我把一杯牛奶
放在不远处的手边
这是我对面包
另外一种形式的安慰

面包会有的
这是我小时候听到的一句话
我有了面包的时候
还是会想
我的牛奶

灯　笼

我喜欢挂起来的灯笼
红色的
挂在树枝和房梁上

我看灯笼的时候
灯笼只看着它自己

我想
灯笼是一个寂寞的人

灯笼怎么想的
我不知道

我看灯笼的时候，大多在春夜的晚上
沿着河水的岸边
灯笼一个一个排列整齐

我想
有时候
灯笼排列得再多

也是寂寞的

灯笼看我的时候，是不是
也是这样想的

从奔走到奔跑

◎吴　言

我只能在人间走一段

道路窄了，一切抵达就会显得奢侈
那些脚下，沾满泥土或者花香的过客
裤脚露出灌木的尖锐，一片垂暮
将成千上万坠落的过程谱写为一首诗

那些远方，充满荆棘的枝条
已在清风到来时快递着居无定所的陡峭

时光验证了多少宽窄？也包括苍茫之外
我跟跟跄跄的奔赴

开往夜晚的高铁

人间越来越像一次旅行，心被乡音绊倒

在无数个暗夜，月牙举起反光的刀

灵魂再无圈养，尘埃的抵达在于风的流放
七零八碎的光线，混沌了心中的拂晓

那些身体的隧道，隐秘的隧道，醒着的隧道
为什么只有伸长了脖子，才能触摸踪迹

我把奔赴兑换成留守

是游荡者。是遍访人间。是大豆和高粱
低头的地方，是薄雾
涌动的尽头。时光被压榨
是风尘仆仆的相遇，是惊慌中踏上的
歧途。鸟鸣瘦了，一些悄然生长的事物
是靠近大地的一片预言，把苍茫一季
步步紧逼到我的内心

流 年

◎赵红珺

小 满

这一年就要过去了吗
行进二分之一处时坐看云起
雨水滴下屋檐　燕子衔泥筑巢

中原大地的麦　掂量着成色
镰刀蓄势待发
北中国的盐碱地　它的姻缘是一粒稻
流浪在稻穗间又被风收留的孩子
在筛选与淘汰的煎熬里颠沛流离
最终　最终　又是风吹稻浪
一百亩　一千亩　一万亩的良田啊
又重塑一粒稻

一粒稻诞生的温度　时间

还有支撑活着与死亡的情愫
我都接受了
秧苗苗壮象征幸运　幸运与单纯　质朴靠近
我想讨得的吉祥　含苞　放蕊
开在命运的关口

我要的不多
无非流年里的清澈　柔软　紧实
无非诚实对应的自己　肉身消失　骨骼坚强
流水流过蹉跎　我还在长势良好的另一面好奇

大　雪

雪封山　雪铺路
长城以北　雪无声
亦有麻雀腾空飞过
有闲情煮酒烹茶
这一天大雪
二十四节气的大雪
思念　遗忘　愤怒　热爱　赞美
欲言又止
寻常的一天叠加寻常
多少远方就此打住　好的坏的都是自己的
不过是这一天的气温逼近严寒
北风清冽
冷
大雪　没有雪

大　寒

凛冽的风　卷着哨音横冲直撞　芦苇花
是芦苇的年轮
芦苇　柔软的样子从不表述屈服
只在机器轰鸣的收割中倒下　成全下一次新鲜的苇芽

大寒　湿地威严的王　苇根与冰凌倔强着一种姿态
姿态与姿态之间拒绝患难
冰凌漂浮的冰面凝固着
动荡　激情　千疮百孔的伤

这不是此刻的重点
大辽河一路怒吼到稍做休息
凿开冰层　撒网挂鱼
我要说的是
岸上燃烧的篝火和我绝不轻易交出的热烈

别人的喧扰只远远地从旁走过

◎海 默

别人的喧扰只远远地从旁走过

这是深秋,万物充满宿命的忧伤
冷风裹着云角,送来的雨
自窗玻璃上,裂开,滚落
被遮蔽的世界,开始在眼前
混沌。而欲望晶莹

抑菌、消炎的草药隐于大地的骨缝
道路消失在山前……天地苍茫
留着这尚有余热的身体,独坐黄昏
湿漉漉的群山、危崖,蜷缩在
苍鹰的翅膀下,孤独的火焰
焚掉了最后一丝青绿

我在余下的灰烬里,慌乱地

寻找着荒谬和无意义的骨骼
沉积的热量,烫伤了手指
飞升的疼痛,感知到生命的存在

继续在人间尽孝、施爱、担责
但不会依傍、乞求,也不求全责备
继续满含深情,朗诵
"别人的喧扰只远远地从旁走过"

重 阳

吉日良辰,为没有把握的命运
在这个熟悉的世界,找到
祖先和神的庇佑
隐退的大火,在秘密的时光里
让一些事物成为
迷局、猜忌甚至失踪者

就像我,此刻
藏起所有的念想,还能与万物
肝胆相照,在大地的胸口
辞青葱,也辞爱恨

就像举着茱萸,一叶障目的自己
在黑暗的旋涡里,以为
避开穿越墓园的公路
就避开了死亡的纠缠,年复一年
站成大地上的一处旧址

高处索福，低处饮菊

平铺直叙的雨声

凌晨三点十二分，雨声平铺直叙
这些来自上苍的柔软之物
一来到坚硬的尘世，就搅乱了时局
天亮的时候，雨停了
可我身体里的大雨一直停不下来
直到成河，成灾

一场突如其来的冷雨
如寒蝉被人的手指卡住了命门
叫声里夹杂着惶恐和挣扎
这绝唱，期待死而复生的又一次
花好月圆

那盏闪亮的灯笼

老旧的屋檐上，一盏灯笼
从大年三十，一直亮到正月十五
红色的光芒，照见的每一块砖瓦
都是四十多年前，父亲从自烧的砖窑里
取出的。一盏灯笼遇见一块砖瓦
就像火遇见火，我总能从黑暗处找到提灯的人

屋檐上的灯笼，风吹它，雪打它
摇摇晃晃的光，最终会被父亲扶稳

我知道，只要这盏灯笼一直亮着
我就拥有姓氏、归程，我的血脉
就像河流一样奔腾

我就可以一个人，坐在门前的山坡上
望见灯火通明的岁月，呼啸而来
望见一座村庄的肃穆和喧哗
先祖们提着星星的灯盏，点起护佑的
香火，祈祷这群峰环绕的好风水
赐我天恩、子嗣和经久不息的炊烟

满院子的光芒，将坡顶端坐的身影
倒向出村的路途，局促的来路
空茫的去路，一盏灯笼
成为我的勇气、族谱、图腾
将来还会成为，我身体的遗址

周身都雨意充沛

雪花追着雪花，慌乱的样子
如告别，这冬天的奢侈品
一落地，就变成了相思泪
大地的心，瞬间软了下来
深藏的凛冽
慢慢地，开始冰释前嫌

元宵节的焰火，隐在潮湿的夜空
这春心炸裂的明亮，是春天的闪电

有谁听见,站在枝头的那一只鸟
内心的雷鸣,会惊醒
一颗种子,在2月的风里
找到一滴雨水

一个迎风流泪的人,走在街上
调动身体里的每一个细胞
储存这一天的雨水
来清洗时光的虚妄
从这一天开始,他周身都应该
是雨意丰沛的样子

另起的一章

换上新鲜的眼神、语气和饱满的声音
自己为自己
敲响新年的钟声
向世界道一声——早啊

万物轮回,这另起的一章
仿佛披上好运的符咒
夜幕低垂,星空高远,提灯的人
步履铿锵,沿着盛开的焰火
重返旧年的时序

命运的鼠标,点开一藏再藏的地址
每一处都像归途,每一处又都成了开始
惩戒或者奖赏,都是预设的情节

唯愿，这句新年祝福
轻轻锁住筚路蓝缕的
又一年

变 化

那时候太年轻
有时任性，偶尔用无理取闹
挑衅你。我是你驯不服的马匹
你用目光，做缰绳
让一匹马，一生跑过的路程
都成为你的草场

现在，我学会了顺从
愿意替你，驮着一座江山
日暮穷途，为多年前的预言
交出火焰，急脾气。这越来越沉静的
内心，有一万亩良田。你筑起的篱笆
豢养着我们的余生

你还教会我爱，但从不说出口
人间无数，只有你
能让一棵稗草拥有麦子的荣光
让一匹马，眼含远方
吃着你亲手种的夜草

躲到时间的边缘

◎雨 伞

河 滩

龟裂从河岸伸延,与冰排相撞
只有从远处看,柳梢
有些许的绿意
那些候鸟的脚印
淹没于荡漾的春水
在故乡的春风里
河滩一天天缩小

漂浮的杂草,持久地
被潮水推搡
堆叠成季节的秩序
老铺底渔码头残存的木桩
仍倔强地活着。蜉蝣的躯壳
依附础石之围

第一声鸥鸣，唤醒
芦苇的根须

春水沿河滩北上
抵达不可抵达之处
绿色依旧无可找寻
浮桥依旧托沉河底
零下15摄氏度的北方。我不忍向前
而温润必将始于大河之上
我只有将双手吞于彼此的袖管之中
细数残余未知的时间

躲到时间的边缘

躲到时间的边缘。让你
远离白发与皱纹，等待
遥遥仲夏的每一声蛙鸣
襁褓中的孩子
酣睡中露出的笑容。
作为蛊惑，在时间的边缘。你静止不动
万物从你身边经过
又仿佛什么都没有经过

和一朵花有关

热烈的盛开都是送给你的
豪宅里的她没有
你紫色的性情无限诱惑

贫瘠的泥土和贪婪的蜜蜂

自酿的葡萄酒是酸的
这礼物我欣然接受
甜蜜的味蕾在苦涩中弥漫开来
像雾一样遮盖真容

总是记不住你的数字
五片还是六片对我已不重要
就算枯萎也坚强地站着
就算寒风从塞外匆匆掠过

我们一样又不一样
野草的种子在春天还会萌发
多年以后，那个青涩的少年
已走到人生尽头

梦见父亲

梦见父亲，穿着黑色干部服
我和他在小河边散步
他不说话

父亲刚回家探亲，很陌生
那一年
我只有四岁

又一年。父亲烧煳了饭

弟弟在襁褓中哭
米汤有煳味

梦中的父亲，只有这两个场景
我曾努力地想过
可什么也想不起来

父亲走了。或许
在另一个时空
父亲会想念那条小河

其实，我更渴望，有一天
还跟在他身后散步
还是四岁时候的样子

写在秋天

◎金晓莹

南瓜以自己的圆润饱满迎来了秋天

努力切开一个南瓜
尽管它顽强抵抗
还是没敌过我和刀
这是个彻底成熟的南瓜
果肉坚硬如石
籽粒饱满强壮如牛
时光喂养了它
大地阳光雨露哺育了它
它自身也孜孜以求
不荒废时日
不辜负期待
在夏天的尽头
终于以自己的厚重圆润
迎来了秋天

写在秋天

秋天的花美丽安静
秋天的果实饱满成熟
秋天的风凉爽宜人
秋天的叶子落得清闲
没有花朵去陪衬
便把自己装扮成黄色红色金色
悦人眼目

秋天的湖
在风中裹紧自己
越发沉默不语
我　已年过半百
在秋风中
热切期盼一场漫天大雪

地上的月亮

不知从何时开始
月亮引起了我的注意
又大又圆的满月
半圆的弦月
被天狗咬去一口的残月
各有各的美妙
但它们远在高天
远水不解近渴

于是更多的时候
我还是寻找地上的月亮
哪怕自己在纸上画一个
后来
地上的月亮
我也找到了
那就是实实在在的月饼

最值得的低头

晚秋
有些树叶变红了
有些变黄了
或者金黄
有些坚持着本色
不向秋天低头
不向时光妥协
如果我是树叶
我会变红或变黄或变金黄
在秋风里
在夕阳或朝阳下
向时光
向秋天
挥手致意
这是最美好的妥协
这是最值得的低头

这个夏天

◎ 仲维平

这个夏天

大雨，小雨，雷阵雨
一直也没有下
有几次乌云笼罩
被天空含着
含着大半天
最后被阳光打散
让焦渴的心重新焦渴

这个夏天我无法与你相见
从最初的柔情到相视无语
到渐渐走散
就像天气预报，充满了谎言

现在，天气预报又发了一条信息

说今日晴朗有风，无雨
而我在去城南的路上
被暴雨狠狠地砸了一下

神 树

我没有去过额济纳
也没见过那棵存活了八百八十多年的胡杨
这号称神树的树
就这么忽然闪现在我的脑海
就这么屹立在内蒙古草原

如果不是你
我不会去关注这棵叫神树的胡杨
这棵充满了智慧与神奇
充满了希望的许愿树
就这么忽然出现在我的眼帘
如同你
在这么一天走在我的身边

我一直在想神树的模样
一直想去许个心愿
可是每次想起神树都幻化成你
我没有见过神树
我眼里只有你

亥 台 山

亥台山也叫海棠山
我第一次来这里
发现 所有的山都是一样的
无非是观光的人不同

第一次来到这
第一次看这座山的枫叶
第一次看摩崖石刻

那些石像就那么一个姿势
几百年就这么过去了
它们一动都不动
就那么安静地等着不同的人到来

众生在这一刻是平等的
也只有这一刻心境是相同的
走出山门后
又回归了自己

乡间刺绣

◎孙培用

和母亲第一次进城

早晨五点
步行一小时
走了十八里地　到达镇上的汽车站点
我的布鞋里感觉湿漉漉的

我和母亲每人花两毛五分
用四十分钟时间　坐车到县城车站
打听百货大楼怎么走时
售票员蝎子一样的目光
蜇了我
四十年后我的末梢神经还在疼

看见城里花花绿绿
城里人花花绿绿

我和母亲的目光都很羞涩
说话的声音小得可怜
买东西也不敢讨价还价
我感觉母亲头上褪了色的蓝围巾很土

来时母亲答应我吃一顿肉包子
没到中午我的肚子就咕咕叫了
吵着要吃
在一家小餐馆
母亲吃着从家带来的玉米饼
我把一盘包子下肚
舔着油光光的嘴唇
问母亲怎么不吃肉包子
她笑着说　妈不爱吃

母亲活着　有八十岁了
再想和母亲进城
只有梦里了

乡间刺绣

刺绣是名词
以雪白的布做衬托
花朵是粉红　是金黄
天空的燕子是展翅　是栖落在屋檐下
蝴蝶是在花朵中间　是两只翩翩
这些生物
在一个全新的世界里

在母亲创造的全新生存空间里
在母亲的心里永远地继续下去

刺绣是动词
那一根被选中的线
立刻肩负了神圣的使命
是母亲对美好生活的向往
是母亲内心的展现
是母亲下一个季节对时间的装裱
十指春风
丝线运动　就是大画家手中的笔墨丹青
不败的花　绚丽地开放
不干涸的小溪　哗啦地流淌
不迁徙的鸟　四季地鸣唱

刺绣，那上面
有母亲的手温
有母亲注视的目光
有洗涤不去的赤橙黄绿
有盛开　有流淌
有生存　有生命

原野最美的电图腾

◎崔桂春

原野最美的电图腾

我离你很近,
我的脚压根就踏在你浑厚的肩膀上。
山青树碧,油菜花香……
你在我的心中至高无上。

我可不想仅仅止于雪中送炭,
我更想为你锦上添花。

我借着星光、月光和黑子,
我披着风霜、雨雪和春阳,
站在你的脊背上守望,
我就是那个长相厮守的电图腾。

村里的孩童都认得我,

因为，我的服装上，安全帽上，
都有国家电网的标志。

一年三百六十五个祝福，
十年，三十年……一辈子。
白天和你一起浇灌秧苗，
晚上和你一起共度悠闲时光。

我看惯了你脸上盈盈的笑意，
不知不觉中，我已经黑发染霜。
无悔的青春绵延悠长，
和你的日子过得一样长。

炎热，干旱笼罩的秧苗，
像枯草一样带给你巨大的忧伤。
寒冷和黑夜下的生活，
像可怜的孩子让你无奈彷徨。
我来了！带着光明的慰藉，
和你一起扛起建设最美家园的责任。

忍，像雨水拍打的木叶，
忍，像冰雪覆没的梅松。
我挺起的胸膛，和你，
保持着同呼吸共命运的节律。

坚挺，总是在最困难的时候，
坚挺，总是在最需要的地方。
我毫不退缩地听从你的召唤，

欣然前往，唯独忘却了我的痛和伤。

相信！最美的电图腾，永远，
永远矗立在那方永恒的原野上。

回　家

那年，那月，那日
他和战友一起跨过鸭绿江

前面儿子背影消失在远方
后面母亲张望聚焦在远方

她知道，那是血腥野蛮的地方
他知道，那是保家卫国的战场

他走的时候
她说了一筐烫心的话

他走的时候
她打点了装满寒暖的行囊

他第一个报名出征
优选值得交付生命的地方

他没有看见她流落的泪滴
只看见晶莹眸子里盛满月光

他很少有书信
她在深夜彷徨

枪林弹雨中顾不上想家
退敌空当默默叫一声娘

那场战役惨烈异常
他拿起爆破筒冲进敌群

他留在了异国他乡
她隔着鸭绿江相望

她再没看到儿子的影子
脸上却流露胜利的曙光

她慢慢老去
临终时喃喃儿子回家

与邻人对话

◎柏 莱

复 婚

从前,我的邻人,当他坐下来,或是躺着
自信心,这种每个不甘寂寞的人必不可少的
玩物,它总是把语言当作面纱
不时露一下自己的尊容　他这么说

而现在,作为一个和现实离异的家伙
背对着窗口,说一些以往的坏话,甚至
亵渎的话,已不是很随便的事。他的情人
那一次,很认真地重复着甜蜜的语调
"现在确实不同了,她要我把你找回去"

当然,生活这个教唆者,它可以随时牵住
你的鼻子,不管你是否情愿

此刻，鸵鸟一样的邻人，他发着感慨道
我是多么希望能拯救自己啊
哪怕用一条最普通的、有弧度的曲线

倔 强 者

童年时代的朋友，如今已当了几年的木匠
那是很久前的事。在他为自己精心雕刻的
窗棂上，有我瘦削的诗行。当然，还有门

"时间就是命运"，老师的一席话
让他傻乎乎地得以顿悟，说是我们
找到了真理；并怂恿我立刻采取行动

初二，我正被一个强大的野心攫住，还有父亲的信赖
他说："没有自己的船，我没法活。你可怎么办？"
"这是一件了不起的事"，我断言。他送了我一块香味橡皮

上个月，我见他在自己的作坊里锯原木，纵向地
要锯成两半，呲呲的声响，像时间在哀哭，讨饶
他发着狠，恶意的颗粒顺着锯口倏倏而下

现在我们的窗口相对着，都是一楼。他那
妻子时常粗声大气地呵斥他们的女孩，不许她
靠近他，但女孩精致的木制武器，总使做母亲的
畏惧三分。最近，她的手被一种新式工具没收了
三根指头。缝合时，汗水极其畅快地
涌进伤口。用他的话说："渔夫迟早要把魔鬼打败。"

废墟上的句子

野草剪除的香味,在灼热的空气中
吟唱;废弃的厂址,还有多味的灰尘
他们在大厅里,将一些吉卜赛卡片排列成
乖戾的命数。这种轻松的事,他们丝毫没有
轻松的感觉。他们要思考面包,思考怎样
对付坏脾气的孩子。厂址庞大的构架,一抬头
就看得清清楚楚,它的内部空荡荡的,但
不失威严,好像秉着随时攫取的信条。而他们有时
需要走进它的体内,在一根水泥柱的旁边停下来

把大量杂乱的念头,交给睡意丛生的野草
然后忘掉自己,忘掉曾射进自家窗口的阳光
那些阳光结出许多意想不到的果实。也有些
年老的人,他们远远地聚在一起,回忆它是
如何一夜之间,造成今天众所周知的模样
像一座有代价的浮桥。它的一旁
牛群在慢腾腾地,反刍着昔日的真理

短　诗

泊在河岸的城市，奔流到海

◎郭金龙

从天空俯瞰大辽河
那一双双深情注目的眼神
抵挡不住，大地的呐喊
从心灵深处迸发
嘎！开河啦

这个春天和许多春天一样
辽河老街，古老的渔市，关外上海
令人难以忘怀
我理所应当大度一次

我送你，来势凶猛的冰排
一河沉积的大水
激情澎湃
意志，顺流而下奔流到海

我送你如丝的细雨

从牛耳广场，海天交汇
滋润焦渴的河岸
风也温柔，草色遥看

我送你一树新绿
从飞翔的鸟浪，到沉重的炮台
河海歌唱，世界醒了
一部传奇的童话

我送你青春岁月
河上起航的汽笛，久远的回声
人生不老
让浪涛说话，梦也开花

我送你一片片楼宇
沿海基地，营口新城
伸展着无边无际的梦想
在浓重的乡音里挺拔

我送你大刀阔斧的写意
从辽河大街，到渤海大街
星月轮回，在潮起潮落中龙骨重现
一座城市的名片

历经百年的风雨
以港口的名誉
和着这一河浪花
与时代对话，让我的挚爱
山盟海誓，海枯石烂

爱 之 歌

◎兰 溪

1

你是一座巍巍的高山，
苍郁、坚定、庄严。
沉稳是你的特质，
坚定是你的气概，
力量是你的化身，
善良是你的本色。
我愿是满山的杜鹃，
静静开放在你身边，
为你绚丽的生命增辉添彩，
绽放最美的容颜。
岁岁年年，花开花落，
只为一次无憾的春天。

2

你是一条奔腾的江河,
波涛滚滚,勇往直前。
春潮是你的风采,
惊涛是你的气概。
我是一条清纯执着的小溪,
欢快、跳跃向你奔去,
渴望汇入你的浩瀚,
为你绚丽的生命欢呼呐喊。
不管路途多么遥远,
无论经过多少曲折坎坷,
不辞辛劳,一路欢歌。
我依恋你,你有博大的情怀;
我赞美你,你是我的磐石和山寨。
与你同行,无论天涯海角,
千辛万苦,痴心不改。

3

你是宽广无际的大海,
浩瀚、蔚蓝、苍茫,
拥有海纳百川的胸怀,
蕴含无尽的智慧宝藏。
你的能力何其伟大,
气势恢宏,大气磅礴;
你的世界何其丰富,

神秘深邃，万象包罗。
我愿是洁白的浪花一朵，
欢快地跳跃在你的心窝。
海水晶莹，海风柔和，
启迪了我的思维，
辽阔了我的胸怀，
塑造了我的品格。
大海微笑，我就是笑的旋涡；
大海忧伤，我就是泪花一朵。
无论我漂到哪里，
永远跳动着你的脉搏。
理想是你的花环，
波涛是我的梦境，
为了走向壮阔的世界，
我欣然奏响笑语欢歌。
在你宽广的胸膛上，
细细倾听你的低语，
柔柔感受你的抚慰，
深深感悟你的博大。
你在哪里，我的欢笑就在哪里。
你在哪里，我的爱就在哪里。

4

你是幽静寂寞的山谷，
我是开在你身边的幽兰。
我理解你的思想深邃，
你懂我的寂寞忧伤；

我深知你博大的情怀，
你欣赏我的高雅幽香；
我开在深谷无人识，
是你移我到高堂；
我的作品束之高阁无人问津，
是你奇妙之爱使它享誉天下。
同甘共苦，相得益彰；
琴瑟和谐，互相欣赏。
幸福的种子在我心中生根，
幽幽的芬芳，诉说着我爱你有多深。
你带领我超越自我，
进入更高的境界。
我要不停地为你歌唱，
我要赞美你直到永远。

丈 夫

◎刘田文

丈夫是多角色的混合体
有时像父亲
肩头很结实
值得依靠
有时像兄长
目光很慈祥
像正午的阳光
很烫很热
有时像弟弟
淘气任性
想着法子
偷懒耍滑
生气的时候
恨不得在他的胸膛上
捶上几拳

丈夫像父亲

又不是父亲
像兄长
又不是兄长
像弟弟
又不是弟弟

像父亲
终生离不开
却不能相伴终生
像兄长
终身交心
却不能托付终身
像弟弟
呵护疼爱
却始终需要坚强
不能柔弱

丈夫却是
他们的混合体
在他面前
不需要任何的伪装
可强可弱
可喜可悲
可同吃也可同睡
心灵可以交流
血液可以相融
时间长了
连长相也变成了
夫妻相

凌锦涟漪

◎李 飞

1

小凌河流过王胡台
流过杂木林子
一低头,就被拦腰截住
一条巨坝横空出世
囚禁了冲动的水和无辜的鱼
囚禁了养羞的风暴和疾驰的闪电

小凌河用蓝宝石一样清澈的目光
画出一条卧龙的轮廓
把村庄和记忆种在水底

这些失去自由的水蓄积起来
就像森林的蛮族
定期叩响沉重的大门

这条大坝不过两岁
却锁住了林野皈依的一生

2

这面波光粼粼的镜子
一生只和天空耳语
忧郁的眼神里装满云朵和月光
装满失眠的星辰
装满紫云英高傲的芒刺
装满天鹅和白鹭欢畅的鸣叫

这片闪光的深渊
堆积风声和母语
用一千朵澎湃的浪花
击中你的心事
用一万个烫金的涟漪
治愈你的深情

月光流连于水上
巡视漫长的领地
听着微风和着水声
低吟星座里的运程

3

在锦凌水库，一切都是简单的重复，重复的简单
就像太阳，走出地平线，又走进地平线

打卡下班
就像水鸟,不是贴着水面展开一次完美的滑翔
就是停在树上,自由地歌唱
就像鲢鱼,终日喝水,或者游泳
潜入水底,或者浮出水面
用朝霞沐浴,用月光洗脸
就像风,一会儿带着莫名的愤怒与水花作战
一会儿又握手言和,烟消云散

在锦凌水库,除了饶舌的喜鹊和布谷鸟
没有人说话
连鱼都是孤独的,包括它的记忆
我喜欢这样的水
满腹心事,又沉默不语

4

多年以后,我一定会想起初见锦凌水库的情景
想象一块镶嵌文字的石头
压在泥土和草叶之上
让我体面地从尘世退场
成为野花和蜜蜂的一部分
成为在铺满月光的旷野中散步的野鸡家族的一只

那时,我看到的,都是诗意
没说出的,都是秘密
那时,锦凌水库就会掀起波浪
一遍又一遍,诵读我的诗篇

老巷回望

◎华 飞

谁在城市角落留下老巷
这个冬天,它的主人都已远走他乡
留下残垣断壁和若有若无的思念
我站在老巷前
隔着拆除围栏,矗立许久

皎洁的月光
洒向一片破败的屋顶
相同的画面
把我的记忆连接到若干个生活的过往
直到它们都被封装在眼前一片寂静中

此刻我深深地沉默着
抬头注视着街道另一边
拔地而起的新楼盘
俯视着老巷谦卑而沧桑的身姿
并把它淹没在自己的影子里

再见，老巷
预定的别离总比突然别离更难
在另一边的高楼里将有我以后的家
我会常常在眺望中幻化出你的光影
产生一些念想……

时光年轮

◎刘博纯

童年,是梦的起点
生命开始着色
未来张开翅膀
命运该如何把握
童年是自己人生的画笔
把满天的彩霞涂抹
当记忆开始褪色的时候
童年是一首难忘的歌

青年,是一枚未成熟的果
虽然酸涩
却有着甜蜜的感觉
不要责怪它的青涩
那是成熟的寄托
等到山花烂漫时
它就会变成火样的颜色

老年，是一部厚重的书
它用沧桑
展示了一生的画卷
它用经历
镌刻了一世的波澜
读懂它
需要时间的检验

春天的翅膀

◎赵 越

我向春天借一双翅膀,
飞到你的窗棂上,
捎来风的暖意,
冰释溪水流淌。

花蕊间,你见
我纵情舞蹈,
那足印,是我
不为人知的诗行。

穿过一蓑烟雨,
万物萌生渴望,
我扇动翅膀,
传递百花芬芳。

裁下卷云,
绣上鹅黄,

我终于
有了一双翅膀，
飞向那，
元气淋漓的春光。

汉　字

◎姜大成

我喜欢半坡彩陶盆上的那条鱼
还游在我对远古的遐思里

初生时的家是岩石、兽骨、龟甲
性格中就有了
风霜奔放
种种
自然的痕迹

每一笔画都生动富有神韵
每一笔画穿行在不同朝代里
演绎着自己的智慧和灵气

你的筋骨
透着和谐，透着力量，透着庄严
是自然与智慧结合的花朵
是生活与生命缔造的传奇

你是国王
府库里充满无数的宝藏珍奇
你有四季
有高山峡谷
有大川小溪
有阴晴雨雪
有花香鸟语

你很独立
日月山水
在你这里永恒又充满活力
你不拒绝联合
每一次合作都富有想象力
"众"人喧腾的气势
水的浩"淼"无垠
"森"林里莽莽苍苍的气息
"行"走中你不再徘徊
不再彳亍脚步充满坚毅
"奋"飞时你展开翅膀
有着掠过田野的优雅和从容

你创造出众人的欢乐悲喜
你的表情依然平静没有涟漪

你朴实无华
走在岁月的沧桑里
战国时代的"册"

汉帝国的丝帛
唐宋元的宣纸
都留下了你不朽的足迹
你飞舞着自己的衣袖
在不同朝代
定格着自己的神韵
秦篆汉隶魏碑宋楷
欧颜柳赵
苏黄米蔡
展现你美丽而多姿的风采

既表达得志者的风发意气
也不掩饰落魄者的失意
像一位鸿雁使者
传递绵绵的情意
也像一位幽默的智者
诠释着生活的哲理

那些偶遇

◎李翠玉

1

风很大　雪还没长成少年
即便这样　我在下夜班的路上
也举步维艰

那是一枚已经枯萎的落叶
它不经意落到我的脚下
才一瞬间
又被一阵风吹走了

它像我在他乡遇到的一个故人
还没来得及说上几句知心话
就被另一个人叫走了

我很想回头再仔细看看它

雪开始变大　越来越大
当我终于回过头去
只看见
一枚雪花在和另一枚雪花
说着悄悄话

2

雨来得很唐突　又特别急
这让还在河滩上小憩的垂柳莫名慌乱
大清河略微皱了皱眉　然后无动于衷
绕过身边的苇草

车子暂时变成没有桨橹的小船
暂时也看不见岸
微风驮着一枚槐树叶
却对要去的目的地产生了怀疑

被雨水俘获的脚印还在做最后挣扎
很像我残缺和零散的记忆
再一次甩落左手心的雨滴
仿若又摔碎许多珍藏的陈年旧事

突然对手中的花折伞
无限怜爱
听了雨滴那么多欲说还休的心事
竟然每次都能　面不改色
心如止水

3

踩着崎岖的山路　尽情享受青草
青春的气息
不远处　山顶已经开始
微笑

翻过去就是我儿时的家
迫不及待和跃跃欲试
重新统领了身体

夕阳携着云霞　还有一点点
挨过来的夜色
它们缓缓攀上我的肩头
沉甸甸的

它们多像我多年以前挑过的担子
一头是　温暖　灿烂　热情的
希望
一头是　朴素　木讷　寡言的
现实

桂 枝 香

◎高敬波

登高远望
正北国清秋
落日辉煌

天边彩云飞舞
大漠苍茫

风吹草低斜阳里
芦苇摇
漫步牛羊

寂静沙洲
草丛深处
鸟语悠长

观此景
宠辱皆忘

叹是非成败
抛开何妨

人生豪情向远
一路芬芳

勿念我华发苍颜
风云起
敢为国殇

老骥伏枥
壮心不已
正道沧桑

写　信

◎刘涵之

那时候
写信在写信人的心里
是一件大事

要拉上团花的窗帘
有时拉严
有时拉上一半给月光留一半

在铺了一层灯光的书桌上
铺上红格子或者绿格子的信纸
坐下来

蓝墨水蘸了浓浓的夜色
顶格写下第一句：
"想念的……"或者"尊敬的……"

停下笔

想一想
然后撕掉重写

有时仅仅因为刚刚起笔时字迹的僵硬
有时不是

有时一封信用很长的时间写得很短
有时一封信用很短的时间却写得很长
废纸团散落纸篓内外像花开了又凋谢了

有时捡回来展开念一念把一些句子重新写上
夜色唰唰响。寂静唰唰响。马蹄表针唰唰响
月光不声响

信写好后
要折叠
很小心地折

有时是简单地对折或三折然后横折
折印两边一长一短
是你重我轻

有时折成大雁是托雁儿传书
有时折成菱形或塔形
是一个漂亮的尖角在静静地翘望

月亮就在窗外
有时升得很高了

有时落得很低了

有时没有月亮
如果月亮不出来
信也写得一律很清朗

有时也不是
悲伤的时候、思念过重的时候
眼泪落到信上就会模糊一片

特别喜悦的时候
也是这样
读信的人读着读着会把信弄得重新模糊起来

水

◎八月春

提起名字,想起一个形态
我想到月光,还有树
还有雨和彩虹
想起晨雾和冬天的雪

想起高山,淙淙泉流的倾泻
想到被托起的船,在风浪中颠簸
想起礁石和它苍老的抵抗
想起沼泽,村头那口不竭的井

于是,我看见清澈里面的污浊
看见没有方向的鱼和潜流
看见肮脏和淤泥,顽固的污垢
看见太阳的光芒在折射中扭曲

我看到金属般的质感,洋洋洒洒
看见毫不留情的荡涤和冲毁

看见了汹涌澎湃的激情
看见透明的淬火后涌出的金子

我热望一个星球自己与自己的碰撞
升腾蓝色的烈焰

致 父 母

◎ 该 亚

把期待吹成风
那些摇摆的叶子
都是风喜欢的叶子
只要风吹着
叶子和叶子之间有一些缝隙又有什么关系
虽然
小时候
我总是渴望和最美的一叶挨得近一点
风一吹
叶柄　叶脉……
都摇摆
而这些年下过的雨
都集中在一片叶子上又有什么关系
多一点
星星映进来的可能性也大了一点
你们给我摘星星
我也给你们摘星星了

多思念一些
星星就见面了
多思念一些
产生的风
吹着叶子
把语言写老
总有一句
可以把你们陪衬年轻了

宣　誓

◎李日源

把拳头举过肩头
拳头便高过五脏六腑
它与天空更近了一步
与誓言相呼应

像一面旗，展示风
像朵朵葵花，直面太阳燃烧
像一粒粒破壳的种子
向上生长强大的力量

把拳头举过肩头
五指便攥紧了青山的青，麦穗的黄
枫叶的红
太阳每天从拳顶起落
它的每一次深呼吸都如惊涛拍岸，令世人瞩目

把拳头举过肩头

拳头是灯，是剑
是一道能行走的长城

这一双双握紧拳头的手啊
提过笔摸过枪，握过镰刀抡过铁锤
老茧开出的花
比钢铁还硬

把拳头举过肩头，拳头是山
摊开手掌，掌纹里有江河奔流
那是长江的壮美
那是黄河的涛声

金色深秋

◎高晓蕾

风吹动云
天更蓝,光更明丽
万物欣然接受收获之爱

鸟鸣声中
浓浓的花香弥漫
篱笆上爬满牵牛喇叭

这是一个金色深秋
鲜花、绿草和果实
相互追逐,得成正果

时节一到
天地馈赠给劳动者的奖赏
一并全盘托出
等待那场雪,进入又一次轮回

故乡的灯火

◎古小玉

小小的虫子
忽然被水滴的清澈所打动
木头的房子
住宿的是童话里的新娘

我把少年的风
放入口袋和篮子
叮咚的水
是山中神仙的大梦一场

灯火在远山的那一边
亮了
我知道
我还有一个美好的词
停留在记忆深处
它叫　故乡

蝉的叫声很大

◎高　寒

在特殊的语境里
分辨出快乐或者悲伤
这是我隐藏很久都不肯说出的能力

在很多房间和很多人群中
进进出出。丢失和获得的快乐
都不能抵御它的鸣叫
坐在离酢浆草不远的椅子上
我看见它蓬勃的叶片出现了枯斑
细小的棕色种子崩洒在窗台上

罪恶感又一次向我袭来
"我终于知道了,
我身上有一个不可战胜的夏天。"

雨穿过夏季

◎刘丽莹

1

落在头上,渗透肌肤
又流到我心上的
是我的雨水

我的季节
长满了蒿草
而雨水永远那么年轻
无论铺天盖地,或者
气定神闲,它远远地来
我一眼就能认出
透亮的风,氤氲的云
以及这个清澈的人间

天堂很美

因为雨滴丰腴
滋润万物是雨的使命
风吹响人间所有的风铃
殷殷细语,一种符号
一种暗示,或者一种语言
声声念诵万物生
雨为此而来,临近时
周遭宁静、万物臣服
须臾
跌重之于登高,堕落之于腾达
阴霾之于光影,愠怒之于窃喜
紧紧追逐飞旋的雨道
一并消逝

2

急促的雨点落入湖泊
绽放出水花,像烟雾茫茫的世界

将前尘旧世挡在外面
雨是水世界的主宰和王道
人和万物
是这个世界的闯入者
是被施了咒语的精灵
是透明的日月星辰

因此,在雨的召唤下
山石洗涤黑暗

草木驱逐邪恶
虚伪坠落、谎言袒露
雨穿越万物的身体
亦允许万物穿越
掏出每个身体里的清醒
嗔念、痴想、怨怼
以及肤浅的爱情
在雨的时光轨道轮回

3

躺在床上，琉璃瓦当滴下的雨点
被时光的银线穿成
一条条古旧的珠帘
随时可以牵走人的臆想

小时候也这样看雨
一样的水润饱满
一样的断断续续
一样的眼神里充满渴望

我尽力将眼与雨点
拉得更近
试图用眼底的锐利
横切雨点的断面
去寻找目光看不到的世界

视死如归，坚贞不屈

雨水宁愿碎在檐下的基石上
我的眼里。从未落入一滴雨

直至今日,我仍不清楚
我的眼睛与雨滴
哪个更剔透　澄明

4

窗外的绿篱下
积一汪深水
接连不断的水滴
砸出了一个又一个迷茫的隧洞
疯长的绿色撞到滋生的雨水
让许多希望堆积如山
挺拔的意志
被叠生叶片攻陷

动荡、游离、破碎,重圆
漫漶成十足的愁绪
世界,囚禁在一滴雨珠里

水汽湿重,目光撑不起一线阳光
等风来吧
等孤鹰扇动肥大的翅膀
等一场浩大与空旷
等一次破灭与重生

5

雨下落成溪
涓涓细流从高坡
流向地心深处
我清晰地看到大地
庞大的根系和蓬勃的脉动
比烟花坚韧
比闪电持久

从天空流到凡尘
从城市流到村庄
从一条河流到另一条河
我和雨有着相同的经历
走来走去
一颗动荡的灵魂
始终没有落地生根
雨水喂饱的绿植、鸟兽、鱼虫
内心燃着欲火
堆积起来的葱郁
笼罩苍穹

枝条弹着竖琴
送我去梦里的故乡
柔美的曲子里
雨的神色低矮下去
从高处低下去

低到地心的深处

6

最不可言状的温柔
不过是夏日的晴空洒下
低吟浅唱的雨水

雨丝，提着三千丈的长裙
阳光，照着它的仙骨
和落入凡尘的魅影
我却分不清
哪个与心的距离更近

更多时候
生命原是没有终点的较量
来不及选择
来不及审时度势
死亡、疼痛，或可
是另一种顽抗的复活

湖水一脸平静
岸上，青草咀食日光
绿藤怀抱花香
被世俗同化的目光
长远又空洞

9号安全帽

◎耿　江

第一次戴上安全帽的那天
天空也是那样蓝，风也是那样轻
一个不特别的日子
你却难掩内心的激动与兴奋
像加冕成人礼，像踏上红地毯
内心的小激动
让你一连失眠好几天

师傅说，安全帽是生命帽
这么神奇吗
你打量着它，像未经世事的孩童
打量刚刚出土的恐龙蛋
你随手写上了9
于是，9号就成了你的专属
以后的岁月
安全帽换了一茬又一茬
谁知这9号你一戴就是四十年

那是物资匮乏的岁月
两条线与大地握手
就匆匆往千家万户送电
五线谱少了一根
怎能弹出曼妙的乐章
两线一地
必定要成为昙花一现
消除缺憾的那段日子
安全帽每天都陪你在杆塔银线间转轴拨弦

就是世纪之交的时间节点
"两改一同价"横空出世
你是农民的儿子
你知道这意味着什么
那段时光，你不在杆上
就在去往施工现场的路上
严冬腊月，天寒地冻
安全帽也遮不住
面颊上一道道流淌的热汗

电力足了，农民富了
当9号安全帽
在你的脸上留下十九道年轮
当你由徒弟华丽转身变成师傅
也收了第九个徒弟的时候
你笑了
笑得那样灿烂

这时候，一场百年一遇的"风暴潮"
席卷辽南大地
合抱之木连根拔起
电杆电线倒伏一片
事故就是命令
光明一定战胜黑暗
你和你的徒弟们冲出战壕
一道出征的还有你那9号安全帽
像黎明时分
刺向黑暗的利剑

岁月不语，星辰不言
终于，你到了退休年龄
泪眼婆娑，难说再见
四十载青春和汗水
四十载事业和荣光
在那一天都将画上完美的圆点

四十载
只是弹指一挥间
你的9号安全帽哟
见证了小镇供电四十载历史
践行了人民电业为人民的宗旨
送别的时候
你依依不舍地回望一眼
那眼神，有忧伤，也有留恋

恍如桃花

◎高不可

那时我们谈论桃花
以及开满桃花的岛
我们规划各种路线图
就为了登上桃花岛
看那些浪漫的花朵

后来我们上岛了
它的名字就叫"上岛"
我们隔着一张桌子
桌上有几碟干果
你点的是卡布奇诺
还有一块提拉米苏
而我点的是蓝山
这在另一家咖啡馆
是可以无限续杯的

上岛没有桃花

没有桃花的艳丽和香郁
那天你穿着一件皮衣
临别之际我们浅浅地拥抱
皮革的味道扑鼻而来
你的脸色灿若桃花

这几年跋山涉水
再也无法抵达
梦中的桃花岛
但我们把一起的日子
过成了花的童话
花花世界
五花八门
如花美眷
我是一个护花使者

香艳，灿烂，然后衰败，枯萎
那些让人心疼的过往啊
恍如桃花

家

◎ 郝书一

——喂,媳妇,我得去参与一项电力保供任务,这两天就不回家了。照看好爸妈和孩子,辛苦了。还有,明天的结婚纪念日快乐!
——去吧,去吧。知道你惦记着家里,放心,家里有我。你照顾好自己,按时吃饭。哎,记得带上胃药。

那一天,我离开了家
二十余载弹指间
以线路为笔勾画梦想于杆塔之巅
仰望
漫天星河

那一天,我离开了家
时光从导线中流过
那是静默守护变电站的日夜
闭眼
霓虹闪烁

那一天，我离开了家
现场作业记录年华
挎上工具包仗剑天涯
放眼
壮阔山河

这一天，他回到了家
面色黝黑
嘴角挂着笑意
讲述着见闻经历
却不曾提到那离地数十米的勇气

这一天，他回到了家
沉着稳重
眼底透着笑意
分享着安全生产的成绩
却不曾说起那一个个忙碌的夜里

这一天，他回到了家
面庞坚毅
神色带着笑意
诉说着拼搏努力
却不曾谈及工作服被汗水打透的痕迹

那一天，我离开了家
守卫万家灯火
点亮祖国大地

这一天，他回到了家
迎面春风十里
说不出的甜蜜

是一个个电网人的家
并肩筑起了电网安全的防线
用心记录着电网的成绩
为人民服务
为祖国倾力

附

2021年辽宁诗歌扫描

◎ 杨 晶

　　2021年，正值中国共产党建党百年的难忘时刻。在新的时代背景下，辽宁诗坛生机勃勃、繁枝硕果，呈现新的诗学气象、精神向度和思想视域，凸显了诗歌写作的时代感和总体性趋向。"新时代"已然成为当下的认知原则，也是美学的批评原则，新时代与诗人之间的相互砥砺和彼此命名揭示了诗歌发展的时代诉求和内在命题。新背景下诗歌生产、传播及多样化的文化功能呈现越来越多的可能性。辽宁诗坛坚持与时俱进、守正创新，不断强化诗歌与现实表达的互动关系，展示当下诗歌对时代的介入及诗人的担当精神。时代新变的景观、新鲜的语言方式及修辞技巧给诗歌创作带来了新的活力。

1

　　作为主题写作，获得第九届长征文艺奖的东来的《断桥上的弹孔》、李皓的《向我开炮》是2021年度的重要收获。东来是近年来一直深耕军旅诗歌的诗人，接连创作《东风烈》《党的史诗》等多部力作，他的诗歌以"新英雄主义"的面貌成为诗坛上引人注目的存在。《断桥上的弹孔》重返抗美援朝这一重大历史事件,以断桥、弹孔为中心意象,贯穿了上甘岭、长津湖等重要战役,在回溯中诗人将自己对辉煌革命历程和先烈的炽热情感、理想信念和诗性自觉,都贯注到诗歌创作中,实现了富于创新的超越性表达。这里充满诗性的书写有宏大的战争场面,有感人的局部细节。最深情之处,是对中国军人崇高英雄精神的书写与讴歌:"英雄就是英雄,即使化成遗骸,仍是忠骨 / 红如眼睛的弹孔,见证过比盐更咸的眼泪 / 黑似毒日的硝烟,烘烤过紫褐色的前胸 / 死而不倒的桥身,托起过千万个士兵的赤足 / 百年钢铁巨人、近千米的臂膀 / 未因炸掉600米身躯而跪下 / 相反,孑立的桥墩恰似扑不灭的路灯 / 指引365个日夜、不忘初心的征程""断桥,失去双腿的英雄 / 至今不肯退场,它警示后人:/ 历史不会从它的遗骸上轻易迈过 / 十几万血肉之躯 / 化成永远挖不完的青山热土"。诗歌结尾处,诗人在历史的长河中沉淀出深重的叹息和对和平的吁求。"让弹孔变成种植和平之语的树坑 / 长出'风烟滚滚'后仍然站立的苍松 / 让'永不再战'不再是我们的梦想 / 为人类祈祷真正的和平"。诗人以历史之殇构建出时代情绪与民族精神的崭新愿景。东来的诗歌在坚持深情和撼人的力量时,更重视诗歌的志,把自己的思想熔铸于独特的意象中,意象的营造让诗歌从普通、庸常的生活中上升,思想的漫开让他的诗浓烈、深厚,深情又深远。东来的《半条棉被》与李皓的《向我开炮》不仅穿越风云,书写了红军长征和抗美援朝重要的历史时刻,更是有温度地再现出具象的军人形象。两位诗人以叙事诗的手法,叙写了红军战士、拥军百姓、黄继光、王万成、朱有光、牛保才等多位英雄的形象,对英雄舍生取义的精神进行了高度礼赞,揭示出军人为国献身的生命价值和崇高意义,展示出神圣之美,让读者对英雄主义感同身受,唤起生存与死亡、血性与价值在个人生命中博弈、选择的可贵坐标。

此外,宁明的组诗《致敬,大国重器》、刘亚明的《这就是祖国》、响沙的《从历史深处摇来的红船》等作品均过目难忘。"今天，当一只有力的大手／在航泊日志上郑重地签下名字／就签订了对一个伟大梦想的庄严承诺／世界的聚光灯，在中国的海军节这一天／聚焦海南，更加清晰地看到了／一个民族致力于伟大复兴的意志与力"（宁明《两栖利器》），"捧着，九百六十万平方公里土地上的任何一方泥土／都十分亲切。亲切得让我／穿透时空，看见／许多在枪林弹雨中倒下的先辈／他们身上流淌着黄河长江／我有理由相信，并且／浅显地理解／这就是／祖国"（刘亚明《这就是祖国》），"偌大的华北／红船的前甲板／古老的北京／红船的驾驶舱／天安门广场上的纪念碑／一块新中国的压舱石／高高的旗杆／是红船崭新的桅杆／我们的诗和远方／是星辰大海／重新规划的航线／依然延续／红船上的顶层设计"（响沙《从历史深处摇来的红船》）。作家们以开阔的视域、敏锐的洞见，穿越时空隧道，或追记红色记忆，或追溯精神成长史，或歌咏赞颂英雄伟绩，重温历史，再现当下，展示了中国共产党百年风云的光辉历程，热情讴歌了伟大的时代和人民，为更好地铭记与传承红色传统做出了应有的贡献。这些诗歌印证了诗歌的"记忆"功能以及诗人独特的生命体验和精神履历，彰显了军旅诗人的使命担当，展现了中国军人面向未来的崇高精神，为新时代的军旅诗续写出无愧于光辉岁月的崭新篇章。

  辽宁被誉为"共和国工业长子"，东北地区是"新中国工业的摇篮"。回首百年历史，工业题材诗歌在斗争的火焰中诞生，在建设的大潮中扬帆，诉说着历史，讴歌着一代又一代令人崇敬的时代楷模。随着新时代的到来，辽宁作为全国重要的工业大省，在新工业、新科技加速发展、变化的历史时刻，一大批优秀的工业题材诗歌不断涌现，引发了我们关注时代经验和美学经验相融合的诗学命题和社会学命题。工业诗歌的崭新经验和丰富性，以及精神质素在新时代的书写中得到思考、观照与总结。

  巴音博罗、李轻松等人的诗歌是本年度工业题材的代表性作品。巴音博罗的主题组诗《要是大海能停止流淌》《晨光中升起的炼钢厂》及诗歌《午夜时分的炼钢厂》《回忆》，以"炼钢厂"为场域和核心意象，从时间维度、精神向度出发，书写着新工业时代的"命运史诗"和"启示录"："天女木兰花开了，父亲的马饮着那冷却的铁水／我已为尚在远方的断肠人写好谣曲，但不吟唱／我是钢铁厂的遗腹子，在淬火中成长／我感到我自己就是不朽的，如同不朽的你们／那群兽！我们会从祖先指引的方向重新出发吗／我向它致敬"（巴音博罗《有时我读自己的诗在深夜的炼钢厂》），"午夜时分的炼钢厂，一切都沉寂了／但有一样东西还活着／……黑暗中，总有一样东西独自活着／而钢铁厂的心跳，隐隐有力／那是海与大地的心跳，长河般的脉动"（巴音博罗《午夜时分的炼钢厂》），"黄昏，那是时间这伟大、沉默的导师！／他在指引人们阔步前进，就像北方的荒野／铜号在召集，群山向钢铁厂汇涌、波动／使肉体中坚强的部分，慢慢变为不朽"（巴音博罗《不要在炼钢厂面前谈论大海》）。这里，"炼钢厂"成为开放式的精神共时体，在那里有"凝固的大海""空旷的厂房""冷却的铁水""一头苍老的狮子"，也有"伟大的机器的运转""一匹浑身散发着热气的马""波光粼粼的晨曦和暮霞"……诗人笔下的"炼钢厂"既指向历史又指向未来，既是经验的又是前瞻的产物。从传统的前工业社会到后工业时代文化心理的艰难嬗变，工业文明的漫漫历程呈现复杂的现代性经验。这里既有对历史的铭记与慨叹，更是对艰苦奋斗、甘于奉献精神的致敬与歌颂。

李轻松在2021年出版诗集《铁水与花枝》，发表组诗《三江源》等作品，是收获满满的一年。诗人反复书写着"铁西区"这一前工业社会的典型空间，注重关注、传达社会转型时期这块土地上人们的焦虑与溃败、迷茫与追寻的精神状况。"在不安的波涛或不明的风暴中立命"（李轻松《广场舞》），"只剩下那哀鸿、虚无。那滚滚洪流／是时代的又一次颠覆！"（李轻松《暴走团》），"那时，一粒尘埃落在个人的头上／都是一座时代的大山——被压垮的身体／比被压垮的精神更沉重／它对我而言一直是个废墟之墟、莫名之状""有人用质疑全世界的音调／说出我心里那个窟窿，那光荣的失败／那恰到好处的差异感，那空旷里密集的楼群／我灵魂的载体，在刺眼的反光中／一种混合的气质，一座倒塌的积木／铁西区有我的人生自传，而我在帕慕克的版本里"（李轻松《铁西区》），这里，诗人有喟叹、反思，有徘徊、展望，给予时代巨变中的个体最真诚的人性关怀。

在主题写作中，邵悦的《天地为证》《大湾区》、商国华的《风雪扑来我放歌》《人人都是战疫的旗》等作品也让人印象深刻。商国华在诗中写道："风雪也好 暴雪也罢／即便是雪霾张狂的咆哮／也难不倒 沈阳人击雪而歌的肝胆／我们是谁 不弯的脊梁就是我们的旗幡／共和国大工业是我们把握罗盘／担当就是我们代代传承的风范""是什么力量 让没膝的暴雪／一次次在我们身边动迁／是什么情感 让人性的秧苗不再发黄打卷／是什么精神 让道德驱除了铜臭的泛滥／回放 雪地战歌的大片／思索让我们找到了答案／是一层层'科学有序'的排兵布阵／是敢和困难挑战的理念／造就了家乡人的性格内涵"（商国华《风雪扑来我放歌》），诗人镜头下虽然是最为普通、常见的搏击冰雪，却深情描绘出"合力攻坚"的沈阳砥砺前行的"奋进的诗篇"，高度礼赞沈阳这块热土作为共和国工业摇篮在新时代"有活力，有温暖，有希望"及所具有的"担当"精神。全面脱贫的完成，是中华复兴大道上的醒目路标，在歌咏扶贫佳作中，邵悦的《天地为证》从立意、造语到传情，可谓无一不新又无一不实，诗中云："我只是一块长方形的普通巨石／二〇一三年十一月三日／被矗立在梨子寨的档口／肩负的红色使命，深刻而醒目／——精准扶贫""奇迹，随一声汽笛穿越千年／轰隆隆地拯救了我贫困的肌体／永世难忘的红色大字／是别在十八洞胸前的荣耀"。讴歌了在脱贫攻坚路上榜样的无穷力量。

2021年，中国共产党建党百年，无论是日常时刻还是非常时期，"诗与真"一直在考验着每一个写作者。吉奥乔·阿甘本说："诗人——同时代人——必须坚定地凝视自己的时代。"诗歌具有穿越时间、穿越历史的诗学传统。真正的诗歌，一定是那些能够穿越时空抵达未来的作品，让我们在人类精神共时体与命运共同体的意义上看到人性、命运、时代的参差光影和真实面目。今天，诗歌越来越成为个人自我封闭的遣兴，选择什么题材进行书写，"写什么"，不仅关涉诗人的立场，也是文学自身的重大问题。关乎形而上层面的思考，成为作家们反思自身创作的良好契机。正是基于文学对当代性的敏锐感知与对时代最为切近的回应，当下的主题诗创作与新的时代主潮之间的关联互动，为时代精神的构建添加了强健而有益的思想质素。

2

"诗无达诂"，就诗歌本身来说，更多的是一种极具个人化的表达。它是诗人内心深藏的风景，安放着诗人的灵魂，拥有巨大的阐释空间。诗歌是情与思的艺术，心灵的写作是诗歌的本体。近些年，我们可以看到一大批新鲜的诗歌血液在辽宁诗坛身影活跃，这里有年轻的诗人，也有成名已久的老一代在努力探索与创新，呈现特殊的风貌和语言质地。诗言志，激活和扩大诗歌的思想性，已成为当下诗歌创作主潮之一。应该说，这种写作并没有脱离现实，只是现实在这里变得更隐秘了，诗歌的边界向更广阔的视域拓宽，辽宁诗歌已汇入当代诗歌多元化写作的大潮中。这一写作不仅关乎个体情感和命运的轨迹，而且指涉时间的内在意旨和人类的永恒性命题，其重心在于认知视角、观照方式及取景位置，个人感受和想象的深度参与是这种写作的关键所在。如李皓的《佚园的假山》和《春天的黄昏，车过辽西》（外二首）、林雪的《红缨子与平复帖》、李见心的《阳光与雪》《以雪为号》、蒋振宇的《诗六首》等作品都是其中的佼佼者。

李皓的诗歌诗意醇厚、智性突出、质地深邃，形成了独特的不可替代的个人风格。《佚园的假山》具有深厚哲理意味。"假山再假，它也是山／何况它还有一个卧虎的形状呢""我们是一群照猫画虎的人／把倒影看成了人间"，诗人由平常无奇的假山，平中见奇，意味无穷，引发了对历史的反思，对成规的质疑，揭示了万事万物的本质。李皓的这种充满哲理的深刻自省意识、建构性的想象力、介入与疏离的观照方式，纵横在他大部分的诗歌中。

我们再来看看林雪的诗歌。在组诗《红缨子与平复帖》中诗人写道："无须指证，所有的赭色／都来自红缨子／除了赭色，它什么都不取代／什么都不提供／对于自身以外的其他／它唯有缺席。而对于缺席／它擅长这古老的技艺／它以缺席为使命和己任／多雨的夏季，黄昏吸饱了雨水／植物不修边幅、听天由命／诗句和呼吸正在纸上显影／它宁有近于麻木的自尊供遴选／也放弃用别的色彩取悦小时代／它深知被忽视的微粒与渺小之重要／不会因整体的巨大而减少"（林雪《红缨子》），"河图洛书有宇宙万物的密码／我漫游的中原就是中国／'历史不会重复／却押着相同的韵脚'／在巩义，出土的玉蚕曾是一部／宏大戏剧中多么微小的一环／在这份克制的沉默里／谁认领所有后见之明的自负？"（林雪《想象巩义》），"一个时代有一个时代的饮者／只有李白属于全世纪／此时，我们是幸运的／也是中空的。一杯酒的光芒／照耀外部道路，也有／向内的填充和自省"（林雪《五粮之尊》）。从颜色、香气，到地方志、书法作品，直至抗战时期的李庄，诗歌意象丰富，可谓视通万里，思接千载。时间、空间与人精心建构起独特的关系，这里充满了诗人的想象。自我到世界、历史到当下、此处到远方，在一组诗中调用了稠密的信息，却繁而不杂、奇缀妙连。极其微观的空间支撑起一个强大的无限延拓的精神空间。繁复的意蕴传达出自我的独特生命体验和心灵感受,这里有悲悯和忧虑,还有热爱和感慨。

李见心在组诗《以雪为号》中有这样的书写:"多么哲学的一天／连太阳撞到南墙也要回头／时光之轴的转折点上／雪花敲开了黑暗的骨头／光阴和光明怎样较量／……如此悖论的一天／稀薄的雪片闪着磨刀的光"(李见心《冬至遇雪》),"披雪列车穿过黑夜／抵达我的梦／我喜欢这个词／带给我的寒冷与暖意／铺天盖地的意象／肉体的寒冷,精神的暖意／灵魂常被它撞痛"(李见心《披雪列车》)。这里死亡、时间、生命都成为诗人关注的主题。李见心的诗洗练、空灵。洗练不仅是语言的精粹,还有意义的纯净,空灵不仅是敏锐灵动,还有神谕的顿悟与升华。因此,她的诗节制不喧嚣,却具有跌宕的动感,在繁复的意象中引发沉想与感叹,凝聚着启迪与力量。

海德格尔说:"在大地之上和大地之中,历史的人把他安居的根基奠定在世界中。作品对大地的展示必须在这个词严格的意义上来思考。作品把大地本身移入世界的敞开并把大地保持在那里。作品让大地成为大地。"2021年辽宁诗坛的诗歌有很大一部分涉及的是"地方""大地""家园""乡土"题材。关于"大地"的本源性写作一直是文学的传统,它让我们再一次回到了写作的起点和源头,即过去时态地方根系下精神图谱、族裔信仰、地方性知识从现实观照、整体性层面对人的终极问题的对话和盘诘。萨仁图娅《一路追云》、李轻松《三江源》、王文军《回乡书》《看见满天极美的繁星》、翟营文《人神共居的地方》、张少恩《梦中的回眸依然是我的故乡》等都是其中出色的诗歌。

对于地方诗人和民族诗人来说,家乡地图意味着他们最后的精神依托和记忆坐标。它们不只是一个个点、一个个物,而是现实和记忆结合的产物,是地理意义上的又是精神上的标识,是想象的共同体。因此对于精神漫游者或返乡者来说,"地图"是充满生命力的,可以一次次重返、凝视和漫游。萨仁图娅的组诗《一路追云》

规避了一般意义上的"风景诗"的惯性危险,更接近伟大恒久的自然元素与精神世界的一次次深度对话和沉思。"巍峨我的精神／苍翠我的思想／长白山聚合万物之灵情深意长""天籁深蓝澎湃着池水波光／星云之上行空的天马声韵铿锵"(萨仁图娅《长白山巅》),"一路追云盘桓而行／高天上逆风而翔的鸟儿／是我心灵放飞的雄鹰／鹰自大漠来打开一片辽阔""拥有宇宙因为我们存在／追问存在源于心的虔诚／云一样轻柔呼吸融入无际的蓝中"(萨仁图娅《一路追云》),"放牧心灵在丝路草原／行程无边快乐无边／风中感受风／诗在心远方不远"(萨仁图娅《放牧心灵在草原》)。在诗人这里,风景不是外在的观光化的"风景",而是主体与风景交互后产生的"内在化景观"。诗人借物象、细节和场景完成了一个时代的地方伦理的深度揭示和总体象征。器物篆刻历史,细节即为象征,萨仁图娅笔下人与世界的关系就具有了时间性与象征性,这时的"物"指向了心像与终极之物的对应,具有超越的本质。也正因此,诗歌咏叹式书写带有生命的印记、精神的象征及思想深度,获得了独特的诗学的精神重力。

  王文军关注的仍是田园和"乡愁"。"其实,这些年生活在别处／我心中积攒的酸痛／是村头密密麻麻的杂草／再浓的树荫也遮不住／再凉的秋风也吹不走／很多时候,更像／一个在大雪中跋涉的人／突然遇到一堆篝火／却被他的火焰灼伤"(王文军《回乡书》)。诗人在乡村日常的景与物的描摹中掺杂了悲悯、不安和忧伤,读来意蕴深厚,带有深刻的自省、反思,既是指向个体,也是指向时代。大地是精神依托和记忆标识,尤其是在地方性知识和大地伦理遭遇挑战、消颓的时刻,在这个意义上,王文军的村庄对应的是大地"共同体"的碎片,乡愁已被呼啸而来的现代性景观遏止。由此,对这一精神结构的审视,既有地方性,又拥有人类性和普遍性。

3

为辽宁诗坛带来新鲜血液的是一些可以被称为先锋写作的新生代诗人。他们虽然产量不是很高，诗人数量并不太多，但是带给我们新的活跃的诗歌元素丰富着诗学，标志着新的美学基因的生长。刘川的《怀陈子昂及其他》、赵明舒的《雨中的行李和深夜灯盏》、孙担担的《春天好像来了》、孙甲仁的《海水正蓝》、剑厚的《一个人的远方》等都是这一年的重要收获。刘川的创作在2021年度仍是诗歌革命者的代表。《在另一个城市的人群中》诗人写道："一个人／叫我乳名／吓我一跳／一个人／叫我绰号／吓我一跳／一个人／叫我网名／吓我一跳／一个人／叫我笔名／吓我一跳／一个人／叫我身份证号／吓我一跳／一个人／叫我刘处长／吓我一跳／一个人／叫我本名／我已不敢答应"。紧紧围绕一个人的"命名"，从乳名、绰号、网名……到最后的本名，传达出对"自我"的迷茫与命名的焦虑。"我是谁"——这里既有对时代的困惑，也是指向"人"的千古难题。《怀陈子昂》中，以"诗人独立"为对象，写下诗句："某年某月某日／某诗人独立／向前看又向后看／四顾空茫，一声长叹／今年又过该处／据说该诗人还在／我看见他曾经张望的地方满满的都是人／人太多了，我再也看不见他独立"。一个动作、一个物象或一个场景，发现它们并将日常经验化为命运感的注定成为优秀诗人。刘川的几首诗都是在对最平凡、最琐屑的事件叙述中，笔锋突转，造成情节上"突变"的戏剧性效果，以冲击性极强的"破坏"带来诗歌的独创性和多歧义，充满戏谑和反讽，并最终都指向主体的反思与悲悯、救赎，通往思想的高度。

在辽宁诗坛上，赵明舒、孙担担、孙甲仁、剑厚等都是具有浓厚的自觉意识、执着于艺术探索的诗人。2021年让我们记住的诗歌有很多："三五个小鸟／离开树枝／像几枚风中的落叶／三五个苹果／放在桌上／它们刚刚被洗过／三五个念头／久藏于心／如蒸在锅里的馒头／三五个人／围灯而坐／这恰好是密谋的人数"（赵明舒《三五个》），"天籁曲圣贤书苦丁茶热咖啡／滋味不在 意义归零／月照无眠 又遥不可及／风虽在近处 但游荡了一晚／却不知道该如何敲门／我只能坐在我的对面／看自己满身的碎／满眼的虚妄与苍茫"（孙甲仁《自饮》），"泥土埋住那么多亡灵／在春天／泥土按捺住亡灵欲破土而出的乡愁 生死不可混淆／泥土的歉意挂满迎春树枝头"（孙担担《春天好像来了》），"一个人／一棵游走的树／孤立 独行／一直朝着向前的方向／远方／或许有 成片的树林／茂密 蓊郁 诱惑／或许 依然／只有一棵游走的树／一个人／孤立 独行"（剑厚《一个人的远方》）。这种探索不只是技艺的锤炼，更代表了诗人永恒的责任和要义，即在即时性和表象中发现永恒的秘密和时间的法则，诗歌从细小与幽微之物的一次次凝视、对话和擦亮开始，不仅关乎个体情感和命运的轨迹，而且指涉人性、存在、记忆、死亡等人类命运共同体的精神之域；体现了诗人作为精神修行者对自我及世界的观照，由诗歌完成精神的自我疗救，考验着优秀诗人的视野、胸襟与方法论。先锋诗人以最热忱的努力丰富与推动着辽宁诗坛。

此外，古诗词创作也取得了较好成绩，郑雪峰的《玉楼春·丙申上元》、刘志威的《三首绝句》、杨明山的《二十四节气词》、项南的《绝句四首》等都是其中的重要作品。郑雪峰词云："鬓端冉冉霜初透，还念婵娟容易瘦。高楼到处碧阑干，只有天涯凭最久"（郑雪峰《玉楼春·丙申上元》），文笔摇曳，情绪黯然，深沉地写出上元夜寄意之殷、系念之切，文辞潜转间曲尽深衷。刘志威、杨明山意真而又深情地歌颂抗疫勇士，礼赞新时代精神与风貌："白衣勇士，蓝色忠臣。逆行者万古长今""千年故地渐澄明，大道之行，海晏河清"（杨明山《二十四节气词》），"白衣奋起搏瘟神，请战何曾顾己身"（刘志威《赞医者》）。"抚今思古"的古之常题，则在诗人项南笔下焕发新生，如《新民辽塔》云："重檐翘角倚云骧，宿鸟无声月似霜。千古潢南无尽梦，留遗风雨入文章。"

  2021年，我们欣喜地看到，诗人不断探索、勇于创新，对诗学的自觉追求使得辽宁诗歌呈现繁荣发展的局面。文学辽军以其独特的诗学品格在中国当代诗歌史上展现着重要的影响力。作为黑土地上的书写者，老中青三代诗人共同努力，用真诚与热情，虔诚地坚守诗歌的纯洁与神圣，处处显露新时代的蓬勃之势和昂扬气象，装点并影响着中国当代诗坛。他们的创作，未来可期，对2022年的诗歌创作，我们满怀期待。

（沈阳市社会科学课题SYSK2022-01-022）

图书在版编目（CIP）数据

2022辽宁文学．诗歌卷/金方主编．—沈阳：春风文艺出版社，2022.12（2024.8重印）
ISBN 978-7-5313-6378-1

Ⅰ.①2… Ⅱ.①金… Ⅲ.①诗集—中国—当代 Ⅳ.①I217.1

中国国家版本馆CIP数据核字（2023）第000040号

北方联合出版传媒（集团）股份有限公司
春风文艺出版社出版发行
沈阳市和平区十一纬路25号　邮编：110003
永清县晔盛亚胶印有限公司印刷

责任编辑：	崔　丹	助理编辑：	孟芳芳
责任校对：	张华伟	封面设计：	雷　宇　黄　宇
印制统筹：	刘　成	幅面尺寸：	155mm × 230mm
字　　数：	170千字	印　　张：	16
版　　次：	2022年12月第1版	印　　次：	2024年8月第2次
书　　号：	ISBN 978-7-5313-6378-1		
定　　价：	78.00元		

版权专有　侵权必究　举报电话：024-23284391
如有质量问题，请拨打电话：024-23284384